追放令嬢からの手紙

～かつて愛していた皆さまへ　私のことなどお忘れですか？～

マチバリ

STARTS
スターツ出版株式会社

目次

追放令嬢からの手紙
リーナ・ベルシュタ
ベルシュタ公爵家の一人娘で王太子セルヒオの婚約者。その美しさと聡明さから「月の女神」と称えられていたが、ミレイアを虐げた罪で婚約破棄され国外へ追放される。
Character

「リーナ、全部あなたが悪いのよ」

ナタリー・タウレル

幼い頃からリーナの親友だった伯爵令嬢。傷つくリーナを優しく慰めつつも、内心では彼女の偽善者ぶりを疎んでいた。

「私は何も間違えない。これまでも、これからも」

セルヒオ・コロム

コロム国王太子でリーナの元婚約者。気品と才能に溢れる自信家で、世界は自分を中心に回っていると思っている。

「待っていてください、リーナ様」

マルク・ロビラ

幼い頃よりセルヒオの護衛を務める子爵令息。一目見た時からリーナを慕い、彼女が追放された後も密かに想い続けている。

「セルヒオ様のことを考えていたの」

ミレイア・コロム

元平民の男爵令嬢。リーナが追放された後はセルヒオの妻となるも、未だ王族としての嗜みが身につかずに自信を喪っている。

「君にこのような美しい婚約者がいたとは」

レッド

コロムに新しくできた商会に勤めるやり手の商人。華やかで美しく、令嬢たちの心を奪う。

フェリクス・カルフォン

隣国・カルフォンの皇太子。優秀で人格にも優れ、セルヒオに対しても好意的に接する。

プロローグ

国境を流れる大運河から得られる恵みによって栄えた国、コロム。

水に困らぬ暮らしの影響で、国民たちはどこかのんびりとした気性をしていた。

花を愛《め》でながら、日々を謳歌《おうか》することこそが幸せだと皆が知っている。

白壁と橙色《だいだい》の瓦屋根で統一された街並みは、一生のうちに一度は見ておくべきと称されれている。

そのため、季節を問わず観光に訪れる人たちで王都はいつも活気づいている。

今日も、優しい日差しが王城を照らしていた。


「殿下、本日の手紙です」

「ああ」

執務室で書類仕事をこなしていた王太子であるセルヒオは筆を止め、若い文官によって運ばれてきた手紙の束に手を伸ばす。

わずかに頬《ほお》にかかる金色の髪がさらりと揺れ、その奥に隠された緑色の瞳の中で反射する。

彫刻を思わせるような整った顔立ちに、すらりとした体躯《たいく》。

コロムの黄金と名高い彼は、二十三歳と青年から大人の男への過渡期を迎えていることもあり、初々しい色気に満ちていた。

些細《ささい》な仕草でさえも、王族らしい気品と優美さに満ちており、文官たちがほぉっとため息をこぼす。

届いた手紙の殆《ほとん》どは国内貴族からの季節の挨拶や夜会への招待状など、今すぐ目を通す必要がないものばかり。

急を要するものは少なそうだと考えながら手紙を捌《さば》いていると、一通だけ趣《おもむき》の違う封書が目にとまる。

コロムでは珍しいざらりとした感触の紙には、花や葉が混じっており特別に作られた品なのが伝わってくる。

香料でも練り込んであるのか、優しい匂いが鼻腔《びこう》をくすぐった。

こんなセンスのいい手紙を送ってくるのは誰なのだろうと、セルヒオは封筒を裏返すと差出人に目をやった。

「……！」

心臓を鷲《わし》づかみにされたような衝動がセルヒオの身体を駆け巡った。

全身の血が逆流し、息が詰まる。

「なぜ……っ！」

震える指先で封蝋《ふうろう》を割るようにして封を開け、中の手紙を取り出す。

封筒と同じ紙質の便箋《びんせん》はたったの一枚。

――お元気にしておられますか。あの頃は、殿下も私もまだ若く、お互いに何が正しいかなどわかっていなかったのかもしれません。色々とありましたが、私も今は穏やかに過ごしております。殿下の人生に幸多からんことをお祈りしております。リーナ・ベルシュタ――


流れるような美しい筆跡に、胸をかきむしりたいような衝動にかられる。

ぐしゃりと便箋を握り潰したセルヒオは勢いよく立ち上がった。

「この手紙は何だ。いつ届いた」

「えっ……おそらくは、今朝届いたものかとは思いますが……」

突然王太子から声をかけられた文官は、怯《おび》え混じりの表情を浮かべた。

幼さの残る顔立ちから考えて、まだ新人なのだろう。

助けを求めるように周囲をきょろきょろと見回している。

「今すぐこの手紙について調べろ」

封筒を文官に投げつけるように渡すと、セルヒオは執務室からすべての人間を追い出した。

セルヒオの突然の豹変《ひょうへん》に文官は首を捻《ひね》りながらも、封筒を手に廊下を歩き出す。

執務室に残ったセルヒオは、再び椅子に腰掛けると、便箋の文字を見つめながら眉間に皺《しわ》を寄せ憎々しげに口元を歪《ゆが》めた。

「何を今更ぬけぬけと……」

苛立《いらだ》ちのままに便箋を引き破いたセルヒオは、それを床に放り投げる。

「リーナ」

床に散らばった残骸《ざんがい》を見つめながら絞り出した声は、わずかに震えていた。

同時刻。

同じ内容の手紙が三人の人物の元に届いていた。

王太子妃、伯爵令嬢、そして近衛騎士――

手紙を受け取った彼らの表情はそれぞれに異なる。

怯え、戸惑い、微笑み。

これは、ある手紙からはじまる報復の物語。

一章　追放令嬢の手紙

王太子セルヒオとベルシュタ公爵家の令嬢リーナが婚約したのは、国力増強を目的とした政略的なものだった。

リーナは白銀を紡いだような銀髪に美しい青い瞳をした少女だった。

表情こそ乏しいものの、優しげな眼差しと優美な仕草から、まるで月の女神のようだと周囲からは称されていた。

幼い頃から顔見知りだったふたりは婚約してもその関係を変えることなく、よき友人であり主従であった。

生まれながらの王族としての気品と才能を持ったセルヒオと、賢く貞淑で美しいリーナ。ふたりはとても仲睦まじかった。

しかし、その関係はもろくも破綻《はたん》することになる。

貴族の子息令嬢が通う王立学園で、セルヒオはとある少女に出会ってしまったのだ。

グラセス男爵家の令嬢ミレイア。

彼女は父親である男爵がメイドに手を付けて生ませた庶子で、学園に入学するまでは平民として市井で生きてきたのだという。

そのせいで、どこか貴族らしからぬ立ち振る舞いが目立ち、学園生活の中で浮きがちな存在だった。

ある時、ミレイアが木に登った仔猫《こねこ》を助けようとして逆に自分が木から下りられなくなったところ、偶然通りかかったセルヒオに助けられたことをきっかけに、ふたりは急接近した。

恋人のように親しげなふたりの姿に周囲は困惑した。

セルヒオにはリーナがいるのに、と。

当然、その行動はリーナ当人の耳にも入ることになる。

最初はミレイアに対し、努めて冷静に『貴族令嬢ならば婚約者のいる男性に親しげに話しかけてはならない』と伝えるだけだったリーナだったが、注意後も態度を改めないことに業《ごう》を煮やし、だんだんとその手段を強行化させていった。

慣れぬ学園生活を手助けする振りをしつつ、取り巻きの女生徒たちにミレイアを虐《いじ》めさせ、学園生活をおびやかした。

あまつさえ、リーナを信奉する男子生徒に嘘を吹き込み、ミレイアを襲わせたのだ。

幸運にもそれは未遂に終わったが、ミレイアは足に怪我を負ってしまった。

「リーナ・ベルシュタ。お前との婚約は今日限りで破棄する！」

断罪は、セルヒオの卒業を祝うパーティーの場で行われた。

リーナがいかに悪辣な策略でミレイアを苦しめていたのかが暴露され、華やかな祝宴の場は激しい糾弾劇となった。

「ミレイアへの暴挙だけではないぞ、リーナ。お前が私の婚約者という立場を悪用し、身勝手な振る舞いをしていたことは既に明白だ」

そう。リーナは公爵令嬢であり王太子の婚約者という立場を笠に着て、学園の生徒たちを顎《あご》で使い女王のように振る舞っていたというのだ。

最初はその話を信じていなかったセルヒオだったが、学園の生徒たちからその事実を聞かされ驚愕《きょうがく》し、落胆した。

「お前はこの国の貴族としてあるまじき存在だ。即刻国を出ろ！」

観衆の前でセルヒオはリーナとの婚約を破棄し国外追放を宣言。

リーナは当然、否定した。何もしていないと。当たり前だ、狡猾《こうかつ》な悪事を起こした人間が、己の罪を簡単に認めるわけがない。

ベルシュタ公爵家も抗議をしてきたが、セルヒオの決定は王により承認された。

そしてリーナは静かに王都から姿を消した。

それから五年。

セルヒオはミレイアと結婚していた。身分差を乗り越えたふたりの結婚は、演劇や物語として国中に語り継がれるようになっている。

物語の中でリーナは悪辣で我儘《わがまま》な令嬢として描かれており、誰もが彼女を悪だと信じていた。

「それが今になってどうして」

セルヒオは昨日届いたリーナの手紙を思い出しては、重い息を吐き出す。

肝心の便箋は破り捨ててしまったため手元には残っていないが、書かれていた文面の一字一句は、いまだにはっきりと網膜に焼き付いていた。

「くそっ……」

リーナを国外追放に処した時に最も大きかった感情は怒りだ。その次は失望だった。

決してセルヒオはリーナを蔑《ないがし》ろにしたつもりはなかった。学園では一緒に居ることはできなかったが、妃教育の合間など顔を合わせる機会はこれまで通りに作っていた。

ミレイアの態度や姿が新鮮で眩《まぶ》しく、学生という身分の垣根を越えて関われる間は話をしていたいと思ってしまったのも事実だ。

今になって思えば若い男女が常に一緒にいることで誤解を与えた可能性はあったと思う。

しかし、あの頃のセルヒオは誓ってミレイアとは何の関係もなかった。

生まれと境遇のせいで孤立しがちだったミレイアが不憫《ふびん》で憐《あわ》れで、王族として何とかしてやりたいという親心にも似た気持ちで接していただけなのだ。

もしリーナが正直に嫉妬心を伝えてくれれば、セルヒオはミレイアと適切な距離を取ったことだろう。

美しく有能な婚約者リーナは自慢の存在だった。隣に立ち、共にこの国を支えていくと信じて疑ったことなどなかったのに。

（どうして道を間違えたんだ、リーナ）

再び重いため息をつきながらセルヒオは首を振る。

せめて、リーナの行いが嫉妬から来るミレイアへの加虐だけならば、国外追放などという強固な手段を取らずに済んだのに。

どうして変わってしまったのか。

あんなに美しく気高かったリーナはどこにいったのだろうか。

（……私は、何を考えている？）

セルヒオは前髪をぐしゃりとかきあげた。

胸に広がる苦さの理由など、知りたくないとでも言いたげに首を振る。

婚約破棄と追放を宣言した頃は、こんな気持ちになることなどなかったのに。

「これもすべて……くそっ」

握りしめた拳を机にぶつければ、鈍い音が部屋の中に響く。わずかな痛みが、冷静さを失いかけていた気持ちを少し落ち着かせた。

「とにかく手紙の出どころを確かめなければ。そして……」

そこまで口にして、セルヒオは息を呑《の》む。

（私は今、何を……？　リーナの居どころを突き止めてどうするつもりだ？）

衝動的に調査を命じたものの、その先に何をしたいのかわからない。

リーナが今になって連絡を取ってきたのには何か理由があるはずだ。もしかしたら、何か困ったことがあって助けを求めているのかもしれない。

「は、何を今更」

己の思考が信じられないといったように首を振っていたセルヒオの耳に、静かなノック音が聞こえた。

「……入れ」

「失礼します」

一瞬、あの文官が手紙についての続報を持ってきたのかと期待したセルヒオだったが、現れたのは顔色を悪くした別の文官だった。

その姿に、セルヒオは思い切り顔をしかめる。

「またなのか」

「……申し訳ありません。王太子妃殿下が、お部屋にお籠もりに」

舌打ちしたい気持ちをこらえながら、セルヒオは両目をきつく閉じた。

リーナとの婚約破棄騒動の後、すべて自分のせいだと嘆いて寝込んだミレイアをセルヒオは保護し、自らの傍に留め置いた。

最初は、純粋な親切心と庇護《ひご》欲だけだったのに、ずっと傍でけなげな振る舞いをするミレイアにセルヒオは男として惹《ひ》かれてしまったのだ。

多少の反対はあったものの、ミレイアへの愛を貫くと宣言したセルヒオを支持する声も多かったことから、ふたりは無事に婚約に至り、二年前に正式に結婚をした。

愛する者と結ばれ、セルヒオは幸せだった。

平民に混じって育ち貴族としての知識に疎いミレイアの無邪気な振る舞いに、最初はみんな好意的だった。

だが、時が経つにつれ、幸せに影が差すようになった。

お茶会を開いても不手際や無作法が目立ち、手紙や贈り物のしきたりを間違え、公式の場でも王族の自覚に乏しい行動ばかり。

ミレイアも努力していたが、高貴な振る舞いは一朝一夕で身につくものではない。しかし王太子妃としての職務は待ってはくれない。結果としてミレイアには過酷とも呼べる妃教育が施されることになった。

「今度は何があった」

「語学のレッスンで教師が……少し叱責を」

わずかに言い淀《よど》んだ文官の言葉遣いに、セルヒオは眉をひそめた。

教師は叱ってすらいないのだろう。何か些細な指摘をしたくらいに違いない。

「わかった。その教師は今日で退職させろ。いつものように退職金を渡しておけ」

「し、しかし、もう他に代わりは……」

「構わん。外国語のレッスンは優先順位としては低かったはずだ。他の授業を増やせ」

文官は何か言いたげに目線を泳がせていたが、深く頭を下げ、そのまま静かに退室していった。

再びひとりになったセルヒオは、椅子の背もたれに疲れ切った身体を預ける。

（ミレイアがリーナの半分……いや、その半分でも努力してくれたならば）

妃教育は優秀な王室教師たちに任せておけば安心だと信じていたセルヒオだったが、たったの数ヶ月でその希望は砕かれてしまった。

「あの人たちは、私が庶子だからと嘲《あざけ》るのです。酷《ひど》いですわ」

授業から逃げ出したというミレイアを見舞えば、彼女はセルヒオの顔を見た途端にさめざめと泣きながらそう告げてきた。

聞けば、教師のひとりがミレイアを叱責し、リーナを引き合いに出したのだという。

激怒したセルヒオはその教師を辞めさせ、新しい教師を雇った。

「泣かなくていいミレイア。君は、ゆっくり学んでいけばいいんだ」

「セルヒオ様……！」

大きな瞳をうるませ細い肩を震わせるミレイアを、愛おしく抱きしめながらセルヒオは胸をいっぱいにさせた。

だが、事態はそれで終わらなかった。

ほんの数日後、ミレイアは別の教師から同じように叱責を受けたと泣きついてきたのだ。新しい教師を雇っても、数週間しかもたない。

最初はミレイアの言葉を信じ、教師たちを処罰していたセルヒオもその頻度の多さにようやく事態の深刻さを理解した。

調べさせたところ、最初の教師以外はミレイアに声を荒らげたことすらなかったことがわかった。

ほんのわずかな間違いを教えただけで、ミレイアは瞳を潤ませ「酷い」と叫んで逃げていたのだ。

さすがのセルヒオも、ミレイアを追及するしかなかった。

「どうして泣く、ミレイア。学校の勉強と同じだ。彼らは君を指導しているだけだ」

「いいえいいえ。みんな私を笑うのです。心の中でずっと、私とリーナ様を比べて、見下しているのです」

子どものように駄々をこねるミレイアに、セルヒオははじめて苛立ちを感じた。

(これくらいリーナは簡単にできていたのに)

口からこぼれかけた言葉を呑み込み、セルヒオは根気よくミレイアをなだめた。

それから教師たちにどんなに間違いがあっても指摘せずに指導するように伝え、代わりにセルヒオが自ら空いた時間にミレイアに間違えた箇所を教えるようにしていた。だというのに、今日のようにミレイアの逃亡癖は改善していない。

遅々として進まない妃教育の状況を知った、両親である国王夫妻の視線は日に日に冷たくなっている。

雄弁に語る瞳が、セルヒオの過ちを責めているのが苦しいほどにわかった。

それだけではない。愛娘を追放させられたベルシュタ公爵家は以前ほど王家に協力的ではなくなり、登城を拒んでいる。

公爵家の広い人脈や、有能な婚約者を失ったことは王家にとって甚大な損害だった。

(リーナと結婚していれば)

以前ならば考えもしなかったもしもに心が乱される。

ミレイアに付き合っているせいで寝不足が続いており、正常な思考回路が働かないのかもしれない。

「落ち着け……冷静になるんだ。今は、それどころではない」

数日後には、隣国カルフォンの皇太子が国境を流れる運河の護岸工事にまつわる条約締結のため来訪する予定となっている。

条約締結の条件を少しでもコロムに優位に進めたいセルヒオはその準備に忙しく、

他のことにかまけている暇などない。

ほんのわずか考え込んだセルヒオは静かに立ち上がる。

「私は何も間違えていない。これまでも、これからもだ」

自分に言い聞かせるように呟《つぶや》きながら、なすべきことをするために歩き出したのだった。

＊＊＊

「どうして。どうして今更」

表情に怯えを貼りつかせたミレイアは、ドレス姿のままベッドに潜り込んでいた。

全身が震え、冷や汗が止まらない。

それは、外国語の授業がはじまる少し前に届いた一通の手紙が原因だった。

――お元気にしておられますか？　私のことはもう気にせず、幸せになってくださいね。私も静かに暮らしております。王太子妃殿下の人生に幸多からんことをお祈りしております。リーナ・ベルシュタ――

腹立たしいほどに美しい筆跡を見た瞬間、ミレイアは悲鳴をあげていた。

手紙から手を離せず、そのまま気を失いかけたくらいだ。ただでさえ周囲から白い目を向けられているのに、手紙ひとつで失神したりなどすれば、どんな噂《うわさ》をたてられるかわからない。

　だからせめて授業だけでも受けようとしたが、最悪なことに新しい教師は青い目をした女性だった。

　優しい言葉遣いに上品な振る舞い。

　決してこちらを責めず穏やかな口調で指導してくれる態度。

　それらすべてがミレイアの中に残った彼女、リーナの記憶を呼び覚ます。

「大丈夫ですか？」

　相づちも打てなくなったミレイアを気遣う教師の言葉が、リーナの面影に重なる。

　叫ぶように謝罪の言葉を口にし、自室に逃げ込んだ。

　呼吸を乱し、布団に潜り込んでがたがたと震える身体を必死に抱きしめる。

「ごめんなさい。ごめんなさい。ごめんなさい」

　子どものように謝りながら、ミレイアはぼろぼろと涙をこぼしたのだった。

　ミレイアは、王都の片隅で働く針子の娘として生まれ育った。

　母親は貴族の屋敷に仕えていたメイドということもあり、上品な作品を仕上げると仕事の評判は高かった。

母譲りの柔らかなストロベリーブロンドに、榛色《はしばみ》の大きな瞳。愛らしい顔立ちは人形のようだと賞賛されていた。

暮らしぶりは貧しくはないが、決して豊かでもない。母子で肩を寄せ合う生活は大変ではあったが、ミレイアは十分に幸せだった。

しかし、そんな生活を一変させるような出来事がミレイアに訪れた。

父親であるグラセス男爵が迎えに来たのだ。

「私がお前の父親だ。ふむ、思ったよりも私に似ていないな」

男爵家のメイドだった母親と関係を持ち、孕《はら》ませた父親は手切れ金だけを手渡して別の女性と結婚したのだという。

知らなかった事実に当惑するミレイアに、父親はさらに続けた。

「お前には我が家の娘として王立学園に入学してもらう」

父親が言うには、彼ら夫婦の間には子どもができず跡取りがいないのだという。そこでかつてメイドに生ませたミレイアの存在を思い出したのだ。

「婿《むこ》を迎え我が家を継げ」

決定事項として伝えられたそれに、ミレイアは困惑し最初は逆らった。

だが、母親は躊躇《ためら》うことなくミレイアを父親に引き渡した。

その手に金貨が詰まった大きな袋が握られていたのをミレイアは見逃さなかった。

金で売られたミレイアを待っていたのは、養母となった男爵夫人からの厳しい教育。勉学にマナーなど、貴族令嬢としてミレイアに足りないものを叩《たた》き込まれた。泣きながら食事を取り、慣れないコルセットに悲鳴をあげた。

学園に入学してからも、息が詰まるような生活は変わらなかった。

寝る間を惜しんで勉強して、ようやく人並みの結果しか出せない。正しい礼儀作法を知らないミレイアにはまともな友人もできず、孤独を噛《か》みしめる日々。

そこに手を差し伸べてくれたのが、王太子のセルヒオだった。

絵本の中から出てきた王子様そのものだったセルヒオに、ミレイアは恋に落ちた。

こんな素敵な人が恋人だったら。

自分を守ってくれたなら。

そんな空想はいつしか強い願望になり、少しでもセルヒオの興味を引くために、必死で話題を探した。

会話の中で、最もセルヒオが興味を持ってくれたのが、周囲のミレイアへの態度だ。引き取られた庶子という立場のミレイアは、生粋の貴族育ちである同級生から、悪意を受け取ることが多かった。

セルヒオと一緒の時間を過ごすようになってからますます嫌がらせは増えたが、育ちのいい彼らの攻撃はミレイアからみれば、子どもの悪戯にしか思えなかった。

しかし、ミレイアは嫌がらせに脚色を加えて語って聞かせ、セルヒオから同情と庇護欲を引き出した。

セルヒオの視線にミレイアが求めるような熱が籠もることはなかったが、傍にいてくれるだけでも十分だった。

慣れない暮らしの中で、セルヒオとの時間が唯一の癒やしで救いだったのだ。

だからこそ、ミレイアはリーナが羨《うらや》ましくて仕方がなかった。

生まれながらの貴族。恵まれた容姿と才能。約束された未来。何より、あのセルヒオと永遠に生きられるという立場。

もし彼女が高慢で尊大な人間だったなら、抱いた感情は違ったかもしれない。

「あなたがミレイア様ね。困ったことがあったら何でもおっしゃってね」

春の日差しのような優しい笑みを浮かべるリーナは完璧な淑女だった。

まとう空気はどこまでも穏やかで、静かな湖面を思わせるような優しと、たおやかさに満ちている。

ミレイアの立場を案じ、率先して声をかけてくれた。他の貴族令嬢との交友を橋渡ししてくれたし、流行についても教えてくれた。

もしリーナのようになれたなら。リーナと同じになれたなら。

そんな欲望が、あの事件を引き起こしてしまった。

リーナはその立場上、交流関係が広く信奉者も多かった。

常に傍に居た男子生徒のひとりが、リーナに歪んだ恋愛感情を向けていることに、ミレイアは気がついてしまったのだ。

（もし彼とリーナが恋仲になってくれたら）

魔が差したとしか言いようがなかった。リーナの筆跡を真似て男子生徒に手紙を書いた。本当はセルヒオとの婚約が嫌だと嘘を綴《つづ》り、連れ出してくれる王子様を待ち望んでいるというありもしない作り話をでっちあげた。

男子生徒はその作り話を信じ、夢中になっていった。

そして、あの事件が起きてしまった。

リーナへの思いを爆発させた男子生徒は、何を間違ったのかミレイアに襲いかかったのだ。

俺がリーナの憂いを払うと目を血走らせた男子生徒に追いかけ回され、ミレイアは学園のらせん階段から落ちてしまった。

その時にできた傷は、今もミレイアの右足にはっきりと残っている。

自らの犯した罪と事件に巻き込まれたショックでミレイアは何日も寝込んだ。

そして目が覚めた時には、すべてが終わっていた。リーナはミレイアを襲わせた罪で婚約破棄のうえに、国外追放。

何が起こったのか何もわからなかった。

確かに男子生徒はリーナを愛するが故に事件を起こしたが、決してそれはリーナの指示でなかったということを、ミレイアが一番よくわかっている。

何より、リーナはずっとミレイアに親切だった。

一度だって虐《しいた》げられたことなどなかったのに。

事件を起こした男子生徒は投獄中に自決したという。

リーナには何の罪もないという手紙を残して。

皮肉にも、それがリーナ追放のトドメになったことを彼が知らないままなのは不幸中の幸いなのかもしれないとさえ思う。

このままではいけないと真実を告白しようとしたミレイアだったが、セルヒオがしきりに自分を案じ謝ってくれるのが嬉《うれ》しくて何も言えなかった。

誤解に乗じ悲劇の乙女を演じ、セルヒオの庇護に甘え、その心を勝ち得たのだ。

父親は手のひらを返したようにミレイアを珍重し、褒めそやすようになった。

厳しかった義母ですら、今では媚《こ》びを売ってくる。

市井で暮らす実母は『本当はずっと案じていた』と手紙を送ってきた。

優しいセルヒオ。

王太子妃という確固たる地位。

庶子でありながら、王子との恋を成就させた憧れの乙女として称えられる快感。

何もかもがミレイアの理想通りだったのだが。

(ごめんなさいリーナ様。ゆるして)

本当はずっと怯えていた。

いつかすべての真実がつまびらかになってしまうのではないかと。

あの事件の後、男子生徒の生家は取り潰しになり家族は離散したという。

彼には学園への入学を控えていた妹がいたと聞いた時は、罪悪感で胸が押し潰されそうだった。

リーナのふりをしてミレイアが男子生徒に書いた手紙は、見つかっていない。

燃やして捨てていてくれればと願っているが、もし表に出てきたら。

リーナをよく知る者が読めば、筆跡が違うことに気がつかれる可能性は高い。

何より、その文字がミレイアのものに似ていることに勘づかれたら。

真実の露見はすべての破滅を意味する。

厳しい妃教育も、不安の増大を後押しした。

男爵家に引き取られた時などとは比べものにならない勉強量と、熱意溢《あふ》れる指導に応えられず、周囲の視線がどんどん冷たくなっていくのがわかった。

あからさまにリーナと比べ、見下し嘲られているのがわかる。

教師を代えてもらいセルヒオに手助けしてもらっても、状況は一向に改善しない。

父親はミレイアの置かれている状況を知らないのか、もっと便宜を図れ、援助をしろと要求ばかりしてくる。

これまで何もしてくれなかったくせにという苛立ちが、ミレイアの心をどんどん追い詰めた。

そしてとうとう、リーナから手紙が届いた。

文面には何ひとつ確かなことは書かれていない。

誰に読まれたところで問題のない内容だ。

だが、ミレイアにはわかっている。

リーナは全部気がついていると。

そのうえでミレイアを脅しているのだ。

（ダメ、ダメよ。渡さないわ）

セルヒオも、王太子妃という立場もすべて渡せない。

ここはようやくミレイアが得た夢の場所なのだ。どんな手段を使ってもしがみつかなければならない。

（どうしたらいいの……！）

誰に頼ることもできない。自分だけで解決しなくてはならない。

恐怖でどうにかなりそうな己を叱責しながら、ミレイアは身体を起こす。

幸いにもまだミレイアに心酔している使用人は多い。

彼女らに頼めば、きっとリーナの居場所を突き止めてくれるだろう。

「この手紙の、出どころを調べなきゃ……」

うつろな表情で呟きながら、ミレイアは静かに部屋を出たのだった。

＊＊＊＊

王都の中心から少し離れた閑静な居住区。その中でもひときわ豪華な屋敷。

手入れされた庭園に、金をふんだんに使った装飾。まるで王城かと見紛うほどの造りをしたそこは、とある伯爵家の別邸だった。

最上階にある南向きの大きな部屋でくつろいでいたナタリーは、届いた手紙を無感動な表情で眺めていた。

――ナタリー。元気にしていますか？　あなたに会えなくて私は少し寂しいです。

色々ありましたが今は落ち着いて生活できています。もう会うことは叶《かな》わないだろうけれど、これからのナタリーの人生に幸多からんことをお祈りしております。リーナ・ベルシュタ――

「何が幸多からんことを、よ。相変わらず善人ぶって嫌な女」

吐き捨てるように呟くと、ナタリーはためらいなく手紙を破り捨てる。

床に散らばった紙片を一瞥し、ふんと鼻を鳴らす顔には侮蔑の色が濃く滲んでいた。

タウレル伯爵家の令嬢ナタリーは、親同士が友人であるという縁からリーナとは姉妹のように育った仲。

赤みがかった茶色の髪に、琥珀《こはく》色の瞳をたたえた気の強そうな目元。

肉感的な体つきもあり、迫力を感じさせる美しさがあるナタリーは、いつだってリーナの隣にいた。

（あなたの時代は終わったのよリーナ。今更、こんな手紙を送ってきても遅いわ）

銀のリーナにルビーのナタリー。

ふたりはいつだって社交界の花であり、宝石と呼ばれていた。

無二の親友としてずっと寄り添い、どんな悩みだって共有した。

学園に入学してからもそれは変わらず、馬鹿な王太子が男爵令嬢に優しく接する姿に胸を痛めていたリーナを慰めたことだってある。

あんなのは一時の気の迷いだ。恋や愛ではない。大丈夫。

そう言ってずっと励ましていた。

実際、ナタリーの目から見ても、王太子は男爵令嬢に特別な感情を抱いているとは到底思えなかった。

あれは、気まぐれに野良猫を愛でるような残酷な施しだ。

自分より生まれの卑しい存在を庇護せねばと思い上がっている高慢さが隠しきれていない。

(高貴な血に生まれたくらいで偉そうに)

ナタリーの中にはいつも苛立ちがあった。

すべてを受け入れ包容し、許しを与えるようなリーナの笑顔がナタリーはずっと大嫌いだったのだ。

嫉妬心を笑顔で隠しながら、ナタリーはずっとリーナの横で親友という立場を維持することに専念していた。

なぜなら便利がいいから。

王太子の側近や高位貴族と縁づけるし、贈り物のおこぼれや特別な催しへの参加などの恩恵にあずかれる。

何より、リーナと親しくなりたい者たちの窓口として君臨できた。

自分が格下である状況は腹立たしくもあったが、十分に甘い汁はすすれた。

友情を信じて微笑むリーナをナタリーはずっとあざ笑っていた。

世間知らず同士、王太子と仲良くやっていればいい。

ずっと傍でその恩恵にあずかろうと決めていたのに。

(リーナ。全部あなたが悪いのよ)

当時のことを思い出しながら、ナタリーはふわりと微笑んだ。

学園生活の中で、ナタリーはひとりの男子生徒に恋をした。

美しく儚《はかな》げな美貌をしたとある伯爵家の跡取り。

この人だ、とナタリーは直感した。

運命の恋になる、はずだった。

だが男子生徒が恋に落ちたのはリーナだった。彼はいつだって熱の籠もった瞳でリーナを追いかけ、わずかな声すら聞き漏らさぬように耳をそばだてていた。

ナタリーは男子生徒に、リーナと王太子の仲睦まじさを語って聞かせた。

ほんの少しの毒を混ぜ、リーナをこきおろし、自分の株を上げようと必死だった。

男子生徒もこれは叶わぬ恋なのだと、理解しかけてくれていたのに。

だが、男爵令嬢の登場によりその努力が水泡に帰してしまう。

リーナは婚約者を奪われた悲劇の乙女として、男子生徒の心を掴《つか》んでしまったのだ。

だからナタリーは行動を起こした。

リーナが男爵令嬢を疎んでいるという噂を流し、リーナに気に入られたいと願っている生徒たちを扇動したのだ。

彼らの行いはささやかな嫌がらせではあったが、噂のはじまりとしては十分だ。

それに加え、ナタリーは「リーナがこう言っていた、望んでいた」と言っては教師や生徒に圧をかけ、あらゆる利便を図らせた。

ナタリーはただ伝えただけだ。

言われた相手がどう動くかなど、知ったことではない。

いつしかリーナは、悪辣で高慢な令嬢という認知が広まり、誰もがそれを事実として認識していたのに。

（本当に馬鹿な人。私にしておけば、死なずに済んだのにね）

男子生徒はリーナを愛するが故に噂に踊らされ、男爵令嬢を襲ってしまった。

男爵令嬢を排除することが、リーナにとっての最良だと思い込んでの凶行だった。

事件の後、投獄された男子生徒は自ら命を絶ったという。

彼の生家は事件を起こした責任を負って取り潰しとなった。

今や、そんな家があったことを誰も覚えてはいないだろう。

ナタリーでさえ、彼の面影は曖昧だ。

リーナはすべての罪を背負い、婚約破棄され国外追放された。

ナタリーが何をしたかは明るみにはなっていない。

なるはずがない。だってナタリーは何もしていないのだ。

ただ、リーナがそう言っていた、と口にしただけで決して誰も害してなどいない。

残されたナタリーは唯一の花として、数多の求婚者から今の婚約者と出会っていた。

バートン・グラッセ。

伯爵と地位は高くはないが、ナタリーが満足できるほどの財産を持った大金持ち。

見た目はさほど美しくはないものの、及第点を与えてもいいくらいには整っている。

この別邸も、わざわざナタリーのために用意してくれたものだ。

ナタリーの人生はこれからが華。

この先の人生に、リーナという存在は必要ない。

(私を頼ろうなんて考えないでね、リーナ。あなたは用済みなの)

王太子妃でもない、公爵令嬢でもない、ただのリーナになんて何の価値もない。

幸せを祈られたところで何になるというのだろう。

紙くずに成り果てた手紙をつま先で踏みにじる。

(さよならリーナ。永遠に)

明日の朝一番で掃除をさせなくてはと考えながら、ナタリーは赤く塗った口の端を吊《つ》り上げたのだった。

＊＊＊

「ああ。リーナ様。あなたはやっぱり俺を忘れてはいなかった」

止めどなく涙を流しながら、ひとりの男が手紙を抱きしめている。

自室の床に膝をつき、祈るように天を仰ぐ姿はまるで敬虔《けいけん》な信徒のようだ。

窓から射し込みはじめた月光が、涙に濡れた男の顔を照らしていた。

王城付の騎士隊舎で数少ない個室を与えられている男は、近衛騎士マルク・ロビラ。

短く刈り込まれた焦げ茶色の髪に、濃紺の瞳。雄々しくも凛々《りり》しい顔立ちに鍛え上げられた体躯。

幼い頃から王太子セルヒオの護衛として一線に立ち続け、厚い信頼を得ている。

小さな子爵家の三男という生まれでありながらも、セルヒオの乳母《うば》だった祖母の縁により護衛になったことが彼の運命を変えた。

セルヒオとミレイアの結婚を機に近衛騎士となったマルクは今では同年代の中でも出世頭として、周囲から熱い視線を送られている。

二十六歳という男盛りなこともあり、持ち込まれる縁談の数はすさまじい。

しかしマルクはすべてを断り独身を貫いていた。

セルヒオの護衛であり続けるために、家庭を持つわけにはいかないと。

忠義がすぎるのも考えものだと周囲からは笑われ、主《あるじ》であるセルヒオからもいい加減に身を固めろと苦言を呈されていたが、マルクは頑なだった。

「ずっと、ずっと待っておりました」

――お元気でお過ごしでしょうか。あの時、助けていただいたこと深く感謝しております。暮らしぶりもずいぶん落ち着きました。お礼が遅くなってしまいごめんなさい。マルク様の幸せをお祈りしております。リーナ・ベルシュタ――

手紙から香る花の香りは、間違いなくリーナのものだとマルクにはすぐにわかった。

人柄の表れた美しい筆跡を目で追う度に、涙が溢れる。

「こんなに俺を待たせて、罪な人だ」

とろりと瞳を潤ませ、マルクは手紙の文字を指で辿る。

マルクは、決して忠義に厚い人間ではなかった。

騎士になったのは親からの指示だったし、王太子の護衛になったのも継ぐ家のない三男には十分すぎるほどの職だと理解していたからやっていただけだ。

セルヒオは自分が世界の中心だと思い込んだ甘ったれだったが、横暴な主ではない。

素直に従っておけば生きていくのに困らないから仕えていたにすぎない。

淡々と仕事をこなすだけの日々を過ごしていたマルクの世界を変えたのは、セルヒオの婚約者になったリーナという少女だった。

奇跡のように美しく気高く心優しい少女にマルクはひと目で恋に落ちた。

ただの護衛騎士でしかないマルクに微笑みかけ、労りの声をかけてくれるリーナ。

その場にいるだけで世界が輝くような存在。

リーナを守ることこそが、自分がこの世界に生まれた理由だと気がついた。

身体はセルヒオを守りつつも、心はいつだってリーナに傾いていた。

どんな些細な危険も見逃さず、足元に転がる小石ひとつ見逃さなかった。

この世界でマルクが最も愛し尊ぶべき存在。

決して手には入らないとわかっていたが、マルクがセルヒオの護衛であるかぎり永遠に仕えられる。こんな幸福があるだろうかとマルクは己の境遇に心から感謝した。

しかし過ちが起きてしまった。

あろうことかセルヒオがみすぼらしい小娘に構いはじめた。

長年仕えてきたマルクにはその行動が傲《おご》り高ぶった施しであることはわかっていた。

だがあえてそれを諌《いさ》めることはしなかった。ただの護衛が、主の行動に口を出すなどあってはならないことだから。

セルヒオが小娘に時間を割く度、リーナの瞳が悲しげに揺れることにマルクは最初から気がついていた。

高潔なリーナはセルヒオの行いを責めるどころか、一緒になって小娘に手助けする献身さをみせた。

なんと美しく素晴らしい女性なのか。

マルクはますますリーナに心酔していった。

セルヒオがリーナを蔑ろにするなら、自分が傍でずっと支える。

マルクだけが、傷ついたリーナを癒やせる存在なのだと考えるようになっていた。

(どうか、このまま憐れな存在でいてください)

その願いが通じたのか、リーナの周囲にあらぬ噂が立つようになった。

リーナが立場を利用し、小娘を虐めているというのだ。

ずっとリーナだけを見ていたマルクはそれが嘘であるとわかっていたが噂を否定もしなかった。傍観し、リーナが孤独になっていく姿を観察し続けた。

あと少し。もう少し。

傍にいるのがマルクだけだと早く気づいて欲しい。

じりじりと焦がれるような日々の中、ある男子生徒が暴挙を犯した。

なんとリーナの願いを勝手にくみ取り、小娘を害しようとしたのだ。その行動力は賞賛に値するが、失敗したのならば意味はない。

無様な同志の失態を嘲りながらも、マルクは好機だと思った。

セルヒオに依頼されリーナの行いを調査する振りをして、都合のいい情報だけを報告した。

予想通り、リーナはすべての罪を着せられ婚約破棄され国外追放されることが決まった。

（ようやく俺のものにできる）

すぐさまマルクは行動を起こそうとした。

職を辞す準備を進め、いつでも旅立てるように身の回りを整理し、国を追われるリーナの傍にありつづけようとした。

だが、それは思わぬ形で阻まれることになる。


「ミレイア男爵令嬢の、護衛ですか？」

「ああ。お前にしか任せられないんだマルク」

セルヒオの発言にマルクは固まるしかなかった。

なんとあの騒動の後、ことの発端となった小娘、ミレイアが倒れてしまったのだ。

一部の貴族はリーナを冤罪《えんざい》だと信じているようで、被害者とされるミレイアを追及しようという動きがあるらしい。

（それはまずい。この娘はリーナ様を慕っていた。もし無実だと発言されたら）

せっかく手元に落ちてこようとしているリーナが、再び遠くに行ってしまうかもしれない。

マルクは仕方なくミレイアの護衛をし、さりげなくセルヒオとふたりになるように仕向け、男女としての距離を近づけさせた。

同時に、騒ぎから守るためだと大義名分を振りかざし、秘かにリーナを保護し、隠れ家に匿《かくま》った。

必ず助けるから状況が落ち着くまでは大人しく待っていて欲しいと手紙を添えて。

なのに。

（リーナ。どうして俺を待っていてくれなかった）

隠れ家にようやく向かえた時には、既にリーナは旅立った後だった。

これ以上迷惑はかけられないと置き手紙ひとつ残して消えてしまったリーナ。

手を尽くして行方を探したが、結局見つけられなかった。

諦めきれずリーナを探す旅に出ようとしたマルクだったが、不安定なミレイアから目を離すこともできない。

せめてふたりが結婚し、たとえリーナの無実が露見しても奪われぬようになるまでは耐えねばならぬと、マルクは恐るべき忍耐力でこの五年間を耐え忍んだ。

必ずリーナは自分のもとに帰ってくる。そう信じて。

「ああ、一体どこにいるのですかリーナ様」

マルクは手紙を愛しげに抱きしめながら、紙質や封蝋を食い入るように見つめた。

「この紙材は国内のものではないな。混ぜ込まれている草木も少し特徴がある」

つまりこの手紙は異国から届けられたことになる。

国外からの手紙には検閲が入るから、そこを調べればいつどこの国から届けられたのかがわかるはずだ。

「封蝋の紋章は鳥か？　見たことはないが、探せば家名がわかるかもしれないな」

居場所を知られたくなければ、こんなにわかりやすい痕跡など残さないだろう。

これは遠回しなリーナからの招待状だ。

探して欲しい迎えに来て欲しい。

そう願っているに違いない。

「待っていてくださいリーナ様。あなたのマルクがすぐに参ります」

愛おしげに手紙を撫《な》でながらマルクは恍惚《こうこつ》とした笑みを浮かべ、ゆるゆると立ち上がったのだった。

二章　彼女の行方

コロムは運河による恵みで栄えた国でもあるが、同時に運河の脅威にさらされ続けている国でもある。

長雨で溢れた水が街や畑を流したことは数知れず、その度に国は多額の税金を投入して復興に努めてきた。

毎回、犠牲者も多く出ることもあり、治水問題は重要課題だったのだ。

この状況を打開するため、コロムは運河の上流に首都を持つ隣国カルフォンに共同での護岸工事をしたいと申し出た。

カルフォンはコロムとは違い産業の国。

商人や職人が行き交い、いつも活気で溢れているという。

以前はそれなりに交流があったが、懇意にしていた先々代の皇帝が病死した後は国交が途絶えていた。

地学者の計算では、カルフォンが所有する大地の一部を大きく削りさえすれば、水害はかなり減るとの予測が立てられたのだ。

ちょうど、新たな皇帝に代替わりしたタイミングだったということもあり、セルヒオはこれを機に国交を復交させようと考えた。

父である国王は他国に頼ることに難色を示していたが、これしかないのだと説き伏せ、カルフォンへと手紙を出した。

それに応えてくれたのが、皇太子だ。

運河を利用した流通が活性化し、お互いの国の利益になると判断してくれたのだ。だが国土を削る工事をする以上、コロムからカルフォンへの見返りは必要。そのすりあわせのため、会議が開かれることになった。

幸いなことにカルフォン側から、状況視察も兼ねて足を運んでくれるという。

セルヒオは国のため、自らの功績のためにも必死だった。

どうにかして皇太子の機嫌を取り、こちらの出費を最小限に抑えたい。

会議の準備で忙しくしていたセルヒオだったが、執務以外での悩みの種は尽きなかった。

「ミレイアが病気だと？　どんな様子なのだ」

「熱が少々。少し咳《せき》も出ているようで、しばらくは離宮で静養させた方がいいとの診断でした」

執務室で書類の処理に追われていた最中に届いた報告に、セルヒオは眉間の皺を深くする。

先日、教師に叱られたことで部屋に籠もったミレイアを見舞ったがなぜか顔を合わせることを拒まれてしまった。

忙しさを理由にそのまま距離を置いていたが、まさか体調を崩していたとは。

（まったく。王太子妃ともあろうものが体調管理を怠るなどと）

ミレイアのうかつさに苛立ちながらも、セルヒオは静かに指示を出す。

「これから隣国の皇太子を出迎えるので病をうつされては困る。ミレイアには落ち着くまで静養せよと伝えろ。ミレイアが抱えていた急ぎの仕事はこちらに回せ」

「かしこまりました」

「……何か花を届けてやってくれ。慰めにはなるだろう」

ミレイアは花が好きな女だった。

宝石やドレスなどは欲しがらず、いつも野に咲く花を愛でている。

貴族らしからぬ振る舞いではあったが、無駄に散財するよりもずっといい。

（そういえば、リーナも私に物をねだったことなどなかったな）

最近、何かにつけて思い出すのはリーナのことだ。

婚約者であった期間、リーナは何もセルヒオにねだらなかった。

どんな物を贈っても「ありがとうございます」と嬉しそうに頬をほころばせるばかりで、もっと欲を出してくれてもいいのにと思ったことさえあった。

学園に入ってからは、何かと忙しく今のように使用人に任せて流行の花や菓子、宝石などを贈っていた。

リーナからは欠かさず感謝の手紙が届いていたが、返事を書くことはなかった。
顔を合わせた時に話せばいいと。
だが、いつからかそんなリーナからの手紙が途切れていたことを不意に思い出す。
あれはもしかしたら、リーナなりのセルヒオへの反抗だったのかもしれない。
どうして手紙を寄越さないのかと、一言でも声をかけていれば。
（まただ。私は何を考えている？）
毎日のように思い浮かぶ過去への後悔。
何かひとつ違っていれば、今とは違う未来があったのではないかと想像してしまう。
そんな都合のいいことなどありはしないのに。
思考を振り切るように首を振り、セルヒオは再び書類に向かった。
だが、それを遮るように扉が静かに叩かれる。
「……何だ。今忙しい」
「恐れながら、ご依頼いただいた調査内容があがってまいりました」
「！」
セルヒオは勢いよく顔を上げ、立ち上がった。
おずおずと執務室に入ってくる文官の手には、調査書らしきものが握られている。
差し出されたそれを受け取り、せわしなく瞳を動かし文字を読む。

「……これは本当か」

「間違いございません」

今にも倒れそうに青ざめた文官が発する言葉に、セルヒオは息を呑む。

調査書には、あの封筒と便箋は異国で作られた特殊な紙を使っていることがわかった。一般市民では手に入れるのは至難の業。

封蝋の紋章は正体がわからなかったが、使われている蜜蝋も特別なもので一般には流通していない。

「何だと……？」

予想外の結果にセルヒオは瞠目《どうもく》する。

てっきりどこかの国で平民に身をやつして暮らしていると思っていたリーナが、特別な暮らしをしている可能性が出てきた。

「おそらくは紙を取り寄せ特別に作った封筒ではないかと。つまり、持ち主を見つけ出すのはかなり難しいです」

「……どこから届けられたのかくらいはわかったのだろうな」

「それが……通常、国外からの手紙は検閲されるのですが、この手紙はその痕跡がありませんでした。どうやら国内から送られたようで……」

「そんなわけがあるか！」

思わず大きな声が出てしまう。

はっとなり口を覆うが、文官はぶるぶると身体を震わせている。

(国内だと？　つまりリーナがこの国に？　たかが五年で舞い戻ってきたというのか)

嫌な汗が額に滲む。

遠い異国から当時の謝罪を告げるために送ってきた手紙だとわかればまだ安心できたのに、まさかの事実に動悸《どうき》が激しくなった。

「これと同じ手紙を受け取った者はいるのか？」

「何通か同じものがあったと担当の者は言っていますが、何せ届く手紙の量が膨大なため、どこの誰に手紙を振り分けたかまでは覚えていないようで……」

「そうか」

セルヒオのもとには毎日数十通の手紙が届く。城全体、王都全土となればさらに数は膨大だろう。

同じ手紙がどれだけあったかなど覚えていろというのは無茶な話であることくらいわかっている。

今手にある情報だけでは、これ以上リーナの痕跡を追うことはできない。

落胆とわずかな安堵《あんど》が胸を満たした。

「で、でもひとつだけ情報がありました」

「……何だ」

「手紙に使われているインクです。そのインクはかなり高級なこともあり、購入者はリスト化されているといいます。もし手紙が国内から届けられたものならば、インクの購入者を探せば何かわかるかもしれません」

「なるほど……しかし、手紙が国内で書かれたものかどうかはわからないのだろう？」

「あっ、そうですね……すみません、意味のない話を……」

「いや構わない。その筋で一度調べてくれ」

もし調査の結果、何も見つからなければリーナはもうセルヒオの手の届かないところで静かに暮らしている証拠となる。

「わかりました！」

文官は不慣れな動きで頭を下げると部屋を飛び出していく。

執務室にひとりになったセルヒオはどこまでも深いため息を吐いた。

指先で机を叩きながら、しばし思考の海へと潜る。

（リーナの手紙がただの近況報告ならばよし。だが、もし本当にこの国に帰ってきていたとしたらどうする？）

国外追放の期限は特に設けてはいない。

情けないことに当時はとにかくリーナへの怒りと混乱で、一刻も早く目の前からいなくなって欲しいばかりでの判決を下してしまった。

今になって振り返れば、追放するほどの罪だったとは思えない。

若い娘ひとりで国外に捨て置かれたリーナはきっと苦労したことだろう。もしそれで改心して、二度とあのような暴挙を犯さないと誓えるのならば。

(もしかしたら、これは公爵家に恩を売るチャンスかもしれない)

リーナが帰国してきたのは、家族に会うためと考えるのが妥当だ。

だとすれば、秘かにベルシュタ公爵と連絡を取り合っているかもしれない。

だが、追放になった身では表舞台に立つことはできない。こそこそと動き回るのはさぞかし窮屈だろう。

(リーナを保護し、過去について正式な謝罪の場を設けたうえで追放を撤回すれば)

多少騒ぎは起きるだろうが、リーナは再びこの国の貴族社会で生きていける。五年経ち多少年を重ねたとはいえ、まだ結婚適齢期だ。

国内の有力貴族に嫁がせてやることもできるし、望むなら側妃の座を与えてもいい。

(公爵家の後ろ盾を取り戻すだけではなく、至らぬミレイアの穴を埋めてくれるかもしれない)

それはとてもいい考えのように思えた。

ベルシュタ公爵家は、運河沿いに広大な土地を持っている。叶うならばそこを護岸工事の着手地にしたいとずっと考えていた。

リーナの追放騒動で表舞台に立たなくなった公爵家との交渉は難航しており、このままでは隣国との協議が上手くいっても着工が延びてしまう可能性がある。

無論、こちらが王命として指示を出せば公爵家は逆らわないだろう。

しかし過去の遺恨がある以上、無理を通して公爵家との溝を深めたくない。

（もし本当にリーナがこの国に戻ってきているならば、私以外にも連絡を取っているはずだ。でも誰に？）

リーナが懇意にしていた人間は誰だろうとセルヒオは首を傾げる。

人に囲まれていた記憶はあるが、リーナから特定の誰かの名前を聞いた覚えはない。

あの当時、リーナの悪事に荷担していた人間がいるのならば、その連中に匿ってもらっている可能性もある。

「……マルクはいるか！」

扉に向かって呼びかければ、困惑した表情を浮かべた近衛騎士が入室してきた。

「マルクはどうした」

「申し訳ありません。本日マルクは急用ができたと休みを取っておりまして」

「あいつが休暇とは珍しいな」

幼い頃からずっと共にいたマルクならば、リーナの交友関係にも詳しいのではないかと思ったが当てが外れてしまった。

マルクが帰ってきてから確認すればよいかと一瞬考えたセルヒオだったが、ことを急いだ方がいいという予感が先立つ。

「悪いが、調査を頼まれてくれ」

「どういった内容でしょうか」

「……五年前にリーナと関わりがあった者たちについてだ。当時のことや、今現在の様子を調べて欲しい。だが、妃には内密に頼む」

騎士はわずかに息を呑んだが、何も言わず深く頷《うなず》いた。

リーナの交友関係と学園時代の人となりについて調べれば何かわかるかもしれない。

(これはあくまでも我が国のためだ)

そう自分に言い聞かせながら、セルヒオは騎士を見送った。

この選択が自分に大きな衝撃をもたらすなど想像もせずに。

＊＊＊

ミレイアは困り果てていた。

手紙を頼りにリーナの行方を探そうと考えたものの、王太子妃とは名ばかりで何の権限も力もないから調べる方法が思い付かないのだ。

誰かに頼ろうにも、下手に動いてセルヒオに気づかれたら大変なことになる。

一瞬、男爵家に頼ろうかとも思ったがあの父親と養母が役に立つとは思えない。

逆にこの状況を悪化させてしまうことだってありえる。

（私ひとりでなんとかしなければ）

あの騒動でセルヒオとリーナの縁は切れているが、もし今のこの状況で再会したらどうなるかわからない。

（病だと知らせたのに、会いにも来てくださらない）

仮病ではあったが、離宮へと逃げるように籠もったミレイアに、セルヒオが届けてくれたのは平凡な花だけだった。

手紙も添えられていない、人づてに届けられたその花は真っ白な百合。

それは、ミレイアではなくリーナが好きな花だ。

決してセルヒオが選んだものではないのだろう。

だからこそ、余計にミレイアは怖かった。

誰かが悪意をもって刃を突きつけてきているとしか思えない。

この場所はリーナにこそ相応《ふさわ》しいと、皆が雄弁に語っている証拠に見えた。

（セルヒオ様はきっと私に呆れている。王太子妃として何もできない私より、やはりリーナ様がよかったと思っているかもしれない）

この手紙のことは決して知られてはならない。しかし、どうすればいいのだろうか。城から離れた離宮にいるおかげで、セルヒオやその周囲の目を気にせずに動くことはできるが一体どこに行けばいいのだろう。

「……そうだ」

思い浮かんだのは、ある女生徒の姿だ。

常にリーナと行動を共にしていた伯爵令嬢。

「確か、ナタリー様、だったはず」

リーナが白百合なら、ナタリーは深紅の薔薇《ばら》のような美しさを誇っていた。

貴族であることに誇りを持っているらしく、リーナと一緒に過ごす時に同席していたことはあれど、一度としてまともに話しかけてくれたこともない。

いつもどこか冷たい光を宿した視線で睨《にら》みつけられて、恐ろしかった記憶が蘇《よみがえ》る。

会いに行ってもまともに取り合ってもらえるとは思えないが、今はナタリーに頼るしかミレイアには手段がない。

記憶を辿りながらナタリーの家名を思い出せば、つい最近その名前を目にしたことを思い出した。

（あれ……確か……）

積み重ねられている書類を探れば、すぐに目的のものを見つけられた。

それは婚約が成立し、近いうちに結婚が決まっている者たちの名簿だ。

王太子妃の役目のひとつに、新たに夫婦になるものたちへの祝いの手紙を出すという仕事があった。

手間ばかりかかる作業だと面倒に感じていたことが、役立つ日が来るなんて。

ナタリー・タウレルの名前は、確かにそこにはっきりと記されていた。

相手はグラッセ伯爵家の嫡男で、彼らの新居となる屋敷の所在地も明記されている。

「だ、誰か……」

か細い声でミレイアはメイドを呼んだ。

この離宮に仕えてくれている使用人は、王太子の心を射止めた男爵令嬢の物語に心酔し、ミレイアの味方をしてくれている者たちばかりだ。

特にルーシュは、年齢が近いこともあり一番よく仕えてくれるメイドだ。

明るく気さくな性格なのでとても話しやすいく、信頼していた。

今の仮病であることにも目をつむり、この生活を支えてくれていた。

「どうしました妃殿下」

「実は……ゆ、友人に会いに行きたいのです」

「ご友人ですか？」

ルーシュが訝《いぶか》しげに顔をしかめる。

それもそうだろう。これまで友人という存在がいるなどと口にしたことはない。すぐに露見しそうな嘘をついている罪悪感に押し潰されそうになりながらも、ミレイアは必死に訴えた。

「学園時代によくしてくれた方が婚約するそうなの。挨拶に行きたいのだけれどセルヒオ様を心配させたくないから、こっそりでかけたいの」

しどろもどろになりながら気持ちを伝えれば、ルーシュは得心がいったとばかりに頷いて準備を手伝ってくれた。

ナタリーの住む屋敷に伝令を送り面会の予定を取りつけ、最小限の護衛と共に馬車で離宮を抜け出す。

あっさりと会う約束が取れたことが意外だったが、冷静に考えれば今のミレイアは王太子妃だ。

伯爵令嬢であるナタリーが、断るなどありえない。

馬車を走らせて半刻ほどで、彼女が暮らす屋敷に到着した。

豪華な建物に驚いているミレイアを、深紅のドレスに身を包んだナタリーが玄関先まで出てきてどこか気怠《けだる》そうに出迎える。

「王太子妃殿下におかれましては、ご機嫌うるわしく」

「あの……」

「このような場所までよくお越しくださいました」

言葉は丁寧であったが、そこに含まれる刺々しさに身がすくむ。

向けられる視線は冷ややかで、何をしに来たのだという苛立ちを隠すつもりもないらしい。

会いに来たはいいが、どう話を切り出せばいいのかとミレイアが迷っていればナタリーが大げさなため息をつく。

「立ち話も何ですからお入りください」

「ご、ごめんなさい」

ナタリーに促され、ミレイアは怯えながら屋敷の中に足を踏み入れたのだった。


外観同様にふんだんにお金をかけていることがわかる応接間で、ミレイアは出された紅茶をじっと見つめる。

向かいの長椅子に座ったナタリーは、足を座面に乗せて完全にくつろいだ体勢だ。

王太子妃を前にしての態度とは思えないが、急に面会を申し出た手前強く出ることもできない。

「それで、一体どんな御用ですの？」

水を向けられ、ミレイアがびくりと身体を震わせる。

「実は……リーナ様から手紙が届いたのです」

隠し持っていた封筒をナタリーに差し出す。

何度も読み返していたせいで、届いてまだ数日だというのにずいぶんとすり切れてしまっている。

ナタリーは無表情のままに封筒を見つめると、軽く肩をすくめて見せた。

「それで？」

「え？」

「その手紙がどうしたのです？」

動揺するどころか、一切の感情を抱いていないようなナタリーの態度にミレイアは驚きで何度も瞬く。ふたりは親友ではなかったのだろうか。

追放され今はここにいないリーナの手紙に、なぜこうも無関心でいられるのだろう。

「どう、というか……ナタリー様には何か連絡は来ていませんか」

「ああ。そういえば同じものが届いていたような気がしますわ」

「っ！　な、何と書いてありましたか？」

「どこかで元気にしているから心配するな、のような当たり障りのない内容でしたわ」

軽く肩をすくめてみせるナタリーに、ミレイアはますます困惑する。

「ナタリー様に届いた手紙を見せていただくことはできますか……？」

文面を見れば何かわかるかもしれない。ミレイアとは違い、友人であるナタリーには何か詳しいことを教えているかもしれないから。

「別にお見せしても構わなかったのですけれど……」

「では」

「残念ながら、私一度読んだ手紙は捨ててしまう主義ですの。ほら、取っておいても価値のない手紙などかさばるだけでしょう」

ころころと鈴を転がすような声で笑いながら、ナタリーが目を細める。

その笑顔はまるで咲きかけの薔薇がほころびはじめた時のような、かぐわしくも怪しい色気に染まっていた。

「捨て、た？」

「ええ。ですから何も残っていませんわ」

「そんな……」

親友からの手紙を捨てるなど、ありえるのだろうか。

艶然と微笑むナタリーを、ミレイアは未知の生き物を見るような気持ちで見つめることしかできないでいた。

「まさか、リーナの手紙が読みたくてわざわざここに来たんですか？　王太子妃殿下って暇なのですわね」

「ちが……違います。その、リーナ様が今どこにいらっしゃるかをご存じならば教えてもらいたいと思っただけで」

「あら？　どうしてですか？　彼女はあなたを害して国外追放になったのですよ？」

「それ、は……」

今更、リーナは無実だったなどと言えるはずもない。

ミレイアは自分のために彼女を悪人にしたのだ。

学園時代、リーナは一度だってミレイアに悪意を向けたことなんてなかった。

あの男子生徒は自分の意志で行動を起こしたことくらいわかっている。

「確かめたいことが、あって……」

「ふうん」

ナタリーと目を合わせていられず、顔を伏せれば興味のなさそうな相づちが聞こえた。内臓がずんと重くなる。

すべてを見透かされているような気持ちだった。

行方を探しているのは、あの頃のことを黙っていて欲しいと懇願するためだと気づかれているのかもしれない。

お金ならいくらでも渡すから、どうか二度と手紙など送ってこないでと頭を下げるつもりだった。

「探したいと言うのならば止めはしませんが、私は本当に何も知りませんよ」

「でも、おふたりは親友だったでしょう？」

ミレイアが欲しくても得られなかったもの。それは友情だ。

リーナの周りにはいつも人が溢れ、誰からも愛されているように見えた。

特にナタリーとはいつだって肩を寄せ合い、すべてを共有している親友だったのに。

「おふたりは、私の、憧れで」

「やめてちょうだい」

「え……」

苛立たしげに手を振ったナタリーは、せわしなく長椅子から立ち上がると、女優のように大げさに「ああ」と声をあげ、両手で顔を覆った。

「私だって辛いんです。親友があんなことになって……ずっと悲しかったのよ」

背中を震わせて語るナタリーの声は、涙に濡れていた。

「リーナは優しい子だった。それを変えたのはあなたですよ、妃殿下」

「っ……」

喉元に刃を突きつけられた気がした。

「リーナはずっとセルヒオ殿下との結婚を夢見ていたわ。殿下はどう思っているかわからなかったけれど、少なくともリーナは未来のためにずっと努力していた。殿下に相応しい人間になるのだとね」

「あの、私」

「でもあなたが現れてすべてが台なしになった。彼女は悪意に負けてしまったの。結果として、愛する人や家すら失った。もうあの子を苦しめるのはやめてあげて」

「う……」

喉の奥から苦いものがせり上がってくる。

ミレイアさえいなければリーナの人生は輝かしいままだっただろう。

ずっと目を逸《そ》らしていた事実を突きつけられてしまった。

「で、も……」

それでも探さなければならない。だからこそ探さなければならない。

あの頃の出来事はすべて詫《わ》びるつもりだ。ミレイアのすべてをかけて償う覚悟だってある。

(失いたくないの)

今の立場を失ったら、ミレイアは無価値だ。

セルヒオに捨てられたら、きっと家族だってミレイアを捨てるだろう。

この国のどこにも行き場がなくなる。

それが一番怖い。

「お願いします。何でもいいので、リーナ様の行方について知っていることがあれば教えてください」

「…………」

ナタリーがゆるゆると顔を上げる。

涙で化粧が剥げた顔が、幽鬼のようにミレイアを見つめていた。

「……わかりました。もし何かわかったらご連絡いたしますわ」

「お願いします」

離宮へと戻る馬車の中、窓にもたれかかりながら曇った空に目を向ける。

今の心を表したような空模様を見つめながら、ミレイアは唇をきつく噛みしめた。

＊＊＊

帰って行く馬車を見送りながら、ナタリーは赤く染めた爪先に歯を立てる。

「どうしてあの小娘が」

突然会いたいなどと連絡をしてきた時から嫌な予感はしていた。

まさかリーナがミレイアにまで手紙を出していただなんて。

(わざわざ居場所を探すなんて。よっぽどのことね)

当時の事件にリーナは何の関わりもないと気がついたのかもしれない。

頭の中に花畑を持っているような甘い小娘《ミレイア》のことだ。

自責の念にかられて、リーナの冤罪を晴らそうとしているのかもしれない。

(ご苦労なことね。自分の首を絞めることになるでしょうに)

ミレイアの妃教育が遅々として進んでいないことは有名な話だ。

当たり前だろう。

学園に入学する直前まで平民に混ざって暮らしていたミレイアと、生まれながらに貴族として育てられ最高の教育を施されたリーナ。

周囲が比べるのは仕方がない話だし、ミレイアがどんなに努力しても溝が埋まるわけがない。

ずっと傍で同じように生きてきたナタリーだってできなかったことなのに。

(憐れね。身のほど知らずって)

リーナと同じになれなんて、凡人には無理な話だ。

「……何が親友よ。馬鹿らしい」

ナタリーにとってリーナはいつだって目障りな存在だった。

幼い頃は無邪気に遊んだこともあったが、いつの頃からか些細なことでリーナと比べられるようになった。

何をやらせても一級のリーナはすべての大人たちの賞賛を集め続けていたのだ。そのくせ、傲ることも人を見下すこともしない。

ただ美しく微笑んでそこにいる。

『ナタリーの歌はとっても素敵ね』

唯一リーナに勝てたのは歌くらいのものだ。

音楽会ではリーナはピアノに徹し、歌姫はいつだってナタリーだった。

(違う。勝ったんじゃない)

ナタリーは一度だけリーナの歌を聴いたことがある。澄み切った歌声はか細かったが、心が洗われるような音色をしていた。

きっと人前で歌えば、すべての喝采はリーナのものだったろう。

(馬鹿にして!)

大嫌いだ。すべてを備え持ったリーナという存在が大嫌いだった。

親友の顔をしてナタリーを見下していたのは、リーナの方だ。

だからこそ踏み潰してやりたくてたまらなかった。

美しく整えた髪をかき上げながら、ナタリーは深く息を吐き出す。

「たとえリーナを見つけたとしても、あの子に何ができるっていうのよ」

国外追放は王家が決めたことだ。たとえ王太子妃といえども簡単には覆せない。

当時のことを知る人間はみんな口を噤《つぐ》んでいる。

ミレイアを襲った男子生徒は、既にこの世にいない。

「大丈夫。私は何もしていないんだもの」

たとえミレイアがリーナを見つけても、ナタリーの罪を知っているとは思えない。

あのお人好しのことだ。何も疑っていないに違いない。

下手に動けばやぶ蛇になる可能性がある。

「とにかく今は大人しくしているのが一番ね」

ナタリーはいつだってそうしてきた。

自分の手は汚さず、周りの動きを把握して好機を探るのだ。

ミレイアがリーナを見つけ、当時のことを謝罪したとしても今更立場が覆るとは思えない。

よくてリーナが側妃に収まるくらいだろう。

その時に何食わぬ顔をして再び親友を演じるのも悪くないかもしれない。

「奥様」

考え込んでいたナタリーに執事が声をかけてきた。

まだ正式には結婚していないというのに、せっかちな婚約者はナタリーをこの家の女主人として扱うようにと使用人たちに言い含めている。そのため、執事をはじめとしたこの屋敷の者たちは皆、ナタリーを奥様と呼んでいた。

「ご主人様がお戻りです」

「あら……今日はずいぶんと早いのね」

（よかった。少しでも時間がずれていたらあの子に会ってしまっていたわ）

王太子妃が訪ねてきたなどと知ったら、婚約者であるバートンはきっと大騒ぎするだろう。

金回りはいいくせに妙なところで小心者なバートンは、イレギュラーな出来事にとても弱い。

正直不満はあるが、それを補ってあまりあるだけの財産があることが救いだ。

「取引先の方をお連れしたとか。ぜひ、奥様にもご紹介したいと」

「お客様が一緒なのね……わかったわ。準備をして行くので応接間にご案内して待っていて」

「かしこまりました」

執事を見送ったナタリーは、メイドを呼びつけると装飾の少ない落ち着いた色のドレスへと着替え、化粧や髪型を整えた。

貞淑な婚約者として振る舞うことをバートンは好んでいた。本当ならもっと華やかな装いをしたかったのだが、結婚前にバートンの機嫌を損ねることは避けたい。

身支度を調え応接間に向かえば、いつものようにバートンが満面の笑みを浮かべてナタリーを歓迎してくれた。

くすんだ金髪とイエローの瞳をした、どこか間の抜けた顔立ち。

ナタリーよりもひとまわり年上ということもあり、二人並べば恋人というよりは若い父親と溺愛されている娘のように見えることだろう。

ときめくことはないが、愛着の持てる雰囲気に思わず頬が緩む。

「ああ！　僕のナタリー。今日の君も美しいね」

大げさなまでに両手を広げ抱きしめてくる愛情表現は暑苦しかったが、いつだって褒めてくれる態度は自尊心を多いに満足させてくれる。

「ナタリー、こちらは僕の新しい仕事仲間のレッドだ」

「はじめましてお美しいお嬢さん」

「まあ……」

バートンに促されて椅子から立ち上がったのはひとりの青年だった。

名前の通り燃えるような赤い髪に、青みがかった瞳。

息を呑むほどに美しい顔立ちに、思わずナタリーは見惚《みと》れてしまう。

男らしい体格ということもあり、そこに立っているだけでこの場を華やかにさせるほどの存在感を持っていた。

年の頃はナタリーと同じか、少し年上くらいだろう。

内側から滲み出る、自信と輝きに圧倒されそうだった。

「レッドと申します。バートンには仕事で世話になっていて今日はお招きにあずかりました」

頭を下げる仕草まで上品で、レッドはかなりの高位貴族かそれに準ずる立場の生まれであることがうかがい知れる。

身につけている服装も華やかな刺繍《ししゅう》がされたシャツにゆったりとしたズボンと、このあたりの貴族では見かけないデザインで目を惹く。

「バートンにこのような美しい婚約者がいたとは驚きです」

「そうだろう？　ナタリーは本当に美しいんだ。僕の宝物なんだよ」

「まあ、バートンたら」

聞き慣れた褒め言葉を受け止めながら、ナタリーの視線はレッドにくぎづけだった。

（こんな美しい男性、はじめてだわ。一体どこのどなたなの）

レッドはとある商会に勤めるやり手の商人で、バートンとは新しい取り引きがらみで知り合い懇意になったのだという。

巧みな話術に魅力的な笑顔。

すべてがナタリーの心を刺激する。

その面影はかつて恋した青年にどこか似ている気がしてたまらない。

（まるで彼が戻ってきたみたい）

リーナからの手紙で当時のことを思い出したせいもあるかもしれない。

「ね、面白い男だろうレッドは。ぜひナタリーに紹介したくてね」

隣に座り愛しげに手を撫でながら話しかけてくるバートンの声は、殆ど耳に入ってこない。

もっとこの人を知りたい。

燃え上がるような衝動のままにナタリーはレッドを見つめ続けていた。

＊＊＊

王都の一角にある文具店を訪れていたマルクは、リーナが使っていた便箋が特別なものであることを知り少し驚いたものの、ほんの少しだけ納得もしていた。

「こんな贅沢な便箋、はじめて見ましたよ。封蝋もかなりの高級品だ」

「そうなのか」

「ええ。まずこんな小さな店ではお目にかかれない代物ですよ」

しげしげと封筒を眺める店主の言葉に、マルクは静かに頷く。

（やはりずっと匿われていたんだな）

いくら国を追放されたとはいえ、リーナは王太子妃でもあった公爵令嬢だ。

ベルシュタ公爵家ほどの力を持った家ならば、王家に隠れて支援することくらい可能だろう。

マルクはリーナが行方をくらませた後、何度も公爵家に手紙を出していた。

もし行く先を知っているなら教えて欲しいと頭を下げても、公爵家からは何の回答ももらえなかった。

それどころか、セルヒオの護衛であるマルクを敵とでも思っているのかずっと冷たい対応をされ続けている。

（くそっ……！）

無理解な公爵家の面々に対する苛立ちが募る。

確かに傍目から見ればマルクはリーナにとっては敵だろう。

でも実際は、ずっとリーナを愛して慕ってきたのだ。

追放が決まった時だって、一緒について行くつもりだった。

居場所がわかればすぐにだって追いかけていけるように準備は欠かさなかった。

（手紙が検閲を通過した形跡がない理由も公爵家が支援しているというのならば納得だ）

リーナがどこかで書いた手紙を公爵家が投函したに違いない。

見張っていれば、何かしらの手がかりが掴めないだろうかとマルクは考え込む。

（いや……この五年間、一度もリーナとの関わりを表に出さなかった公爵家がそう簡単にボロを出すとは思えない）

王家の目もある。公爵家がそんな危険を冒すとは思えない。

手紙の投函だけならば、公爵家を介さずとも人を雇って行わせた可能性がある。

（手詰まりか）

ようやくリーナを見つける手がかりが手に入ったと思ったのにと、気持ちが沈む。

「おや。このインクは……」

封筒を調べていた店主が不意に声をあげた。宛先の文字を指で辿り、その匂いを嗅いでいる。

「何かわかったのか？」

「ええ。これはかなりの高級インクです。取り扱っている店はとても少ない」

「そんなに珍しいのか」

「はい。普通のインクは年月によって劣化し変色しますが、このインクは十年経っても色が変わらぬと有名なのです。水にも滲みにくく長期に保管するのに向いているんですよ」

「ほお……」

「職人が毎年わずかに作るだけの品なので、取り扱える店も少ないはずです。王都では大通りにあるメンダシウム商会くらいでしか買えないでしょうね」

「なるほど助かった！」

マルクは店主の手から封筒を奪うようにして回収すると、慌ただしく店を飛び出す。

この手紙をリーナがこの国で書いたならば、その店でインクを買ったに違いない。

（監査という名目で購入者の名簿を出させれば、何かわかるかもしれない）

こんな時だけは近衛騎士という身分に感謝したくなる。

本来ならばリーナのためだけに振るいたかった剣を、王家に捧げ続けてきたのだ。

多少の職権乱用は大目に見てもらおう。

店を出てしばらく歩くと王都の大通りに出た。

名店や大店が並ぶ通りの中央にある白い建物が、メンダシウム商会の店舗だった。

（ずいぶんと豪勢なことだ）

白亜の宮殿を思わせる真っ白な石柱を扉の左右に飾りつけた店構えは、重厚感と高級感で輝いている。

メンダシウム商会はここ最近できた新進気鋭の商会で、国交が断絶しているカルフォンから新しい商品をあれこれと仕入れては安価で販売しているのだという。

マルクは利用したことがなかったが、人出の多さに人気がうかがい知れた。

店内に入れば、入り口からは想像できなかったほどの広さがあり沢山の客がいるのにもかかわらず、余裕を持って商品を見て回れた。

インクを取り扱っているのはどこだろうと視線をさまよわせれば、それらしき品々が並んでいる一角が目に入る。

(さて、店員にどうやって話を切り出すか)

考えを巡らせながらマルクは一歩踏み出す。

「……な!」

だが、すぐにその身を翻すことになった。

(どうして王室文官がここに……!)

そこには店員と話し込んでいる文官の姿があった。

見覚えのある制服は王室の奥に出入りを許された特別なものだ。

顔には見覚えはないが、服の真新しさからして新人だろう。

こちらに覚えはなくとも、あちらは近衛騎士であるマルクの顔を覚えているかもしれない。

(まずいな)

まかり間違ってセルヒオにマルクがこの店に来ていたことを話されたら。

たとえ知られたところで怪しい店ではないし誤魔化せる自信はあるが、何がきっかけで疑われるかなどわからない。

ほんの小さなほころびであっても今のマルクは避けたかった。

物陰に身を隠し、文官と店員の様子をうかがう。

「……間違いありませんか」

「ええ……これは」

(何の話をしているんだ)

やけに真剣な顔をしているふたりの会話が耳に届く。

どうやら文官が何かしらの商品について問い合わせをしているようだった。

王室で何かを使うにしても、文官がわざわざ市井の店まで出向いて調べるなど珍しいとマルクは耳をそばだてる。

「……では、このインクを誰が買ったかの記録があるのですね」

「ええ。かなり高価な品なので、偽物が出回らぬように万全の管理をしております」

「そのリストを見せていただくことはできますか?」

「お客様の情報は商人にとって宝ですから、さすがにそれは」

「しかし王太子殿下たっての依頼なのです」

ざっと血の気の引く音が聞こえた。

マルクは叫びそうになる口元を押さえる。

(殿下が、インクを調べているだと!?)

耳の奥から心臓が激しく脈打っている音が聞こえた。じわりと滲んだ汗で全身が冷たくなる。

「そう言われましても……ちょっと上の者と相談してきますので、お待ちください」

困り顔で奥へと消えていく店員に文官がまだすがっている。

マルクは気配を押し殺しながら早足で店を飛び出す。

「くそ。どうなっている!」

裏通りに駆け込み、壁に拳をぶつけながらマルクは考え込む。

(なぜあのインクを……? まさか手紙を?)

優しいリーナのことだ、セルヒオにも何かしらの手紙を出しているかもしれないと思い至る。

だとしてもなぜセルヒオがインクの購入者を調べているのか。

「まさか……殿下もリーナを探している?」

ふつふつと湧き上がるのは、怒りと憎しみだ。

何を今更。

五年前にリーナを信じず切り捨てた張本人のくせに。

たかが手紙が届いたくらいでまだリーナに想われていると思い上がったのか。

「させない。何としても先に俺が」

今度こそリーナの隣に立つ権利を手に入れてみせるとマルクは低く唸《うな》った。

＊＊＊

すっかりと日が落ち、セルヒオの執務室を照らすのは小さなランプひとつだけになっている。

手元だけがようやく見えるその灯りの傍で、セルヒオは机に両肘をつき、深く項垂れていた。

「そんな、まさか」

呟きの声はわずかに震えており、その顔色は蒼白《そうはく》だ。

日暮れ前、セルヒオの元にはふたつの報告書が届いた。

ひとつは手紙について調査を依頼した文官から。

インクの購入者リストを手に入れたので、探ってみるとの知らせ。

もうひとつは、リーナの学園時代を知る者を調べるように命じた近衛騎士から。

そこに書かれていた調査内容は、到底セルヒオが信じられるものではなかった。

「リーナは何もしていない、だと？」

近衛騎士はリーナと同時期に学園に在学していた貴族たちに話を聞いたところ、大半はセルヒオが知る通りの過去を口にした。

だが詳しく聞き取ればそのどれもが人から伝え聞いたあやふやな噂ばかりで、実際にリーナがミレイアを虐めていた場面を見ている者などいなかったというのだ。

当時、リーナがミレイアを虐げていた、と証言した生徒たちにも話を聞いたが、彼らは一様に当時のことはもう覚えていないしと曖昧な回答を繰り返すばかり。

不審に思い、さらなる調査を続けていくと、いくつかの証言が得られた。

それらを統合した結果、ある一つの仮説が生まれたと文字は続いている。

――リーナ・ベルシュタはミレイア・グラセスにいつも親身に寄り添っており、噂されていたような虐めなど起きていなかった。事件を起こした男子生徒に関しても、一方的にリーナ・ベルシュタを慕っていただけという証言があり、ふたりが共謀したという証拠は発見できず。すべては噂による周囲の誤認で、あの事件も男子生徒の身勝手な独断により起こった可能性が高い――

「ありえない」

背中に嫌な汗がじわりと滲む。

報告書にはまだ続きがあった。

近衛騎士はずいぶんと有能な働きをしてくれたらしい。

——学園でリーナ・ベルシュタから圧力をかけられていたと証言していた者たちに確認を取ったところ、直接リーナと言葉を交わした者は誰もおらず、手紙など指示を受けていただけだということが判明。その手紙の差出人がリーナ本人であった証拠はナシ。当時の交友関係などを洗い直して……——

心臓が嫌な音を立てて脈打っていた。

どうしてこんな情報が今になって出てくるのだ。

当時、セルヒオはきちんと調査をしたのだ。

マルクにはじまる護衛たちに生徒の聞き取りを任せ、リーナの悪事は事実だったという確証を得た。

だからこそ、パーティー会場で断罪し、追放を宣言した。

ミレイアだって一度も否定しなかった。

虐げられていたのだろうという問いかけに、頷いたのだ。

「これは……何かの間違いだ」

過ぎた年月が思い出を美化させているだけに違いない。

追放された憐れな令嬢という肩書きが、過去のリーナの行いを歪めてしまったのだ。

そうでなくては。そうでなくてはならない。

「でなければ、私は」

蘇るのはあどけないリーナの笑顔だ。

婚約が決まって間もない頃、ふたりは他愛のない夢を語って過ごした。

ふたりでこの国を繁栄させようと。

よき伴侶となりお互いを支えようと、約束した。

「うぐっ……」

こみ上げてくる嘔吐《おうと》感にセルヒオは口元を押さえる。

そうしなければ叫びだしてしまいそうだったから。

三章　追放者たちのほころび

明日に控えたカルフォン皇太子の入国を出迎えるための準備は着々と進んでいた。

機嫌を損ねるわけにはいかないとセルヒオは必死だった。

必死に仕事をこなしながらも、頭を離れないのはリーナのことだ。

（真実を知るべきなのだろうか）

先日の調査でわかった内容が真実かどうかの確証はまだない。

すべてを確かめるには、あの断罪に関わった者たち全員に話を聞き公正な目で判断する必要がある。

果たして、今のセルヒオにそれが可能なのだろうか。

「く……」

酷い頭痛に視界がかすむ。

考えるべきことが多すぎて、睡眠すらままならない。

「殿下。近々結婚する貴族たちへの祝辞はどうしましょうか」

「……ああ」

申し訳なさそうに執務室付の文官が書類を差し出してくる。

それは新たに結婚する貴族たちの一覧。

彼らに祝辞を届けるのは王族の仕事だ。

本来ならばミレイアが請け負うべきものだった。

（ミレイアが、少しでも仕事をしてくれれば）

王太子妃が担うべき仕事は多岐にわたる。

セルヒオが忙しくしている原因の一端は、ミレイアがまともに王太子妃としての役目を果たせないことも大きい。

「急ぎなのか」

「慣例であれば、既に準備を終わらせておく時期かと」

「………………」

一通の手間は大したことはないが、積み重なればかなりの時間を浪費する仕事だ。

体調を崩していても手紙くらいは書けるだろうにという苛立ちが募るが、無理をさせて今後に響いても困る。

「母上に会いに行く。使いを出しておいてくれ」

気は重いが、頼るしかないのだろう。

ずんと胃が重くなるのを感じながら、セルヒオは母である王妃の元に向かったのだった。

城の奥にある居住区は女の園だ。

王妃と側妃に加え、まだ嫁いでいないふたりの妹姫が暮らしている。

セルヒオは結婚を機に部屋の位置を動かしていたため、足を踏み入れるのは久しぶりだった。

（いや。それ以前からここにはあまり来なくなっていたな）

この場所はリーナが妃教育を受けた場所でもある。

勉強の終わりによく一緒に過ごした日々を思い出すこともあり、婚約破棄をした後からはなんとなく足が遠のいていた。

庭園にせり出すように作りつけられた温室で、セルヒオは王妃と対面していた。

「久しぶりですねセルヒオ。少し痩せたのではありませんか」

「何かと忙しくて」

テーブルを挟んで向かいの席に座った王妃に微笑みかけられ、セルヒオは視線を逸らしながらティーカップをソーサーに置いた。

子どもを三人も産んだとは思えないほどに美しい王妃の前では、セルヒオはいつも落ち着かない気持ちになる。

すぐ下の妹がひとつしか年が離れていないこともあり、セルヒオは王妃にあまり構ってもらった記憶がない。

乳母に腕を引かれながらも、妹を大切に抱く王妃の姿を遠くから見つめていたことの方が多かったと思う。

なおかつ妹たちは王妃にそっくりだったが、セルヒオだけは父である国王にうりふたつ。

もっと母に似ていればよかったと思ったことは一度や二度ではない。

立派な王となれば、きっと母に認めてもらえる。

そんな淡い願いがセルヒオの胸にはずっと燻《くすぶ》っていたように思う。

澄んだ青空のような水色の瞳に何もかも見透かされているような気がした。

「しかし珍しいですね。あなたから私を訪ねてくるなんて」

「……実は、母上にお願いしたいことがありまして」

「あら、何かしら」

「これを……」

セルヒオがテーブルの上に置いたのは、祝電を送る必要がある者たち一覧だ。

王妃の形のいい眉が、わずかに上がる。

「実はミレイアが体調を崩しておりまして、まだ取りかかれていないのです。私が代筆してもよいのですが、国母たる母上から祝われた方が彼らも喜ぶかと。失礼を承知ながら、頼めないでしょうか」

何度かゆっくりと目を瞬かせた王妃は、無言で一覧に手を伸ばした。

「わかりました」

「感謝いたします」

セルヒオが頭を下げようとすれば、王妃がそれを手で制する。

「あなたはいずれこの国の王となるのです。たとえ母であってもそのように軽々しく頭を下げるのは感心しません」

「……はい」

「まったく。あなたはいつまでも子どものようで困ります」

「お恥ずかしい限りです」

「それで、ミレイアの様子はどうなのですか」

ぐ、とセルヒオは喉を詰まらせた。

王妃の表情は変わらないが、その瞳はどこか冷え切っている。

ここで王妃が問うている「どう」とは体調のことではないのだろう。

遅々として進まない妃教育に気を揉《も》んでいるのはセルヒオだけではない。

王妃や妹姫、ひいては父である国王もずっと気にかけてくれているのだ。

「ミレイアが可愛らしい女性なのは私もわかります。無理をさせたいわけではない。でも、あなたたちは努力しなければならない。それはわかっているでしょう」

「はい」

男爵家の娘。しかも市井で育った庶子という肩書きを好意的に受け止める者もいれば、そうでない者もいる。

　ふたりが結ばれた経緯は平民からは祭り上げられているが、貴族の中にはよく思っていない者もいるのだ。

　悪しき前例と呼ばれぬためにも、セルヒオとミレイアは素晴らしい夫婦であり続けなければならない。

「ミレイアがリーナの半分でも努力してくれれば」

ため息交じりの言葉に、セルヒオの肩が揺れる。

王妃の顔には、隠しきれない疲れと失望が滲んでいた。

リーナに妃教育を施したのは他でもない王妃本人だ。

いずれ娘になるのだからとずいぶんと愛情をかけていたように思う。

国外追放の処分を下した時も、王妃だけは「考え直さないか」と言ったのだ。

(母上にとってみれば、リーナはもうひとりの娘だったのだろう)

その愛情の反動か、ミレイアの妃教育に王妃は参加していない。

すべて王立教師に任せきりだ。

(もし母上がミレイアに同じように愛情を注いでくれれば。いや、それは無理か)

王族がそう簡単に決めたことを覆すわけにはいかないことくらいわかっている。

それでも、と親に甘える子どものような気持ちはどうしても拭い去れない。

不意に思い出されるのは王妃とリーナが一緒に過ごしていた時間だ。

あの頃、ここには光が溢れていたように思う。

「……母上からみて、リーナはどんな娘でしたか」

「どんな、とは？」

水色の瞳が探るようにセルヒオを見た。

「最近、よく考えるのです。リーナは……どうしてあんなことをしたのか、と」

真実がわからなくなった今、リーナがどんな人間だったかをセルヒオは正しく思い浮かべられなくなっていた。

思い出せるのは、ただ美しく穏やかに微笑む姿だけだ。

「今更と思うかもしれませんが、気になって」

どう説明していいかわからずセルヒオが顔を伏せれば、王妃が短く息を吐き出した。

「どんなに嘆いても時間は巻き戻りません。今の状況を招いたのはあなた自身なのですから」

突き放すような言葉に胸の奥が苦しくなる。

やはり自分は間違っていたのだろうか。

そんな考えが、じわりと心を蝕む。

「……しかし、過去から学ぶことも多いはずです。あなたが少しでも過去に目を向けてくれたのならよかった」

「母上？」

諭すような声音に顔を上げれば、そこには母親の顔をした王妃の笑みがあった。

「私からみたリーナは、本当に真面目で献身的で優しい娘でしたよ。王太子妃となったのち、あなたをしっかりと支えるためにいつも努力していた」

当時のことを思い返しているのか、どこか遠くを見ている。

「決して人を悪し様《あざま》に言ったり、貶《おとし》めたりすることはありませんでした。謀《はかりごと》から は最も遠い人格だったのではないかしら」

少し前のセルヒオならば、そんなわけがないと叫んでいたことだろう。

だが今のセルヒオには、王妃の言葉を否定するだけの気力はない。

「学園での出来事は残念としか言いようがありません。個人的な見解を述べるならば、私は信じられないというほかないわ」

緩く首を振る王妃の表情は沈痛そのものだ。

「リーナがあなたに振り向いて欲しくて必死だった可能性を考えたことはある？」

「私に？」

「そうよ。だってリーナは、あなたの婚約者でしょう？　愛して欲しいと思うのは当然のことだわ」

頭を鈍器で殴られたような衝撃を感じセルヒオは言葉を失った。

(リーナが、私に愛されたがっていた?)

脳裏を駆け巡るのはふたりで過ごした思い出だ。

リーナは決してセルヒオに言葉も物もねだらなかった。

控えめに傍に控え、穏やかに微笑み、優しく寄りそってくれる、姉であり妹のような存在だった。

そのリーナがセルヒオを異性として愛してくれていたのだとしたら。

「だというのにあなたはミレイアを寵愛《ちょうあい》していた。いいえ、あなたのことだから決してリーナを裏切るような行いはしていなかったのでしょう。それでも、リーナにとってみればあなたの裏切りは耐えがたい苦痛だったはずよ。愛する人が別の女性を大切にする光景なんて」

王妃の言葉に棘が混じる。

気まずさにセルヒオが顔を伏せれば、王妃が長いため息を吐いた。

「私はリーナにしかと説き聞かせていました。国王の妻になる以上は、耐えねばならぬ場面があると。それをリーナはよく理解していた」

「それは、本当ですか」

「私が嘘を言うとでも?」

鋭い王妃の視線にセルヒオはたじろぐ。

だがそれが本当ならば、リーナが嫉妬にかられてミレイアを害したという過去の出来事がますます説明できなくなってくるではないか。

（そんな、馬鹿な）

「……あなたの正妃にはリーナが最も相応しかった。ミレイアでは側妃の存在に耐えられるとは思えませんから」

「っ、私は、側妃など」

「このままミレイアが役立たずのままでもそう言えますか？」

厳しい問いかけにセルヒオは返事ができなかった。

喘《あえ》ぐように口を開閉させ、視線を机に落とす。

「ミレイアの療養中は私が手伝います。あなたの恥は、王家の恥ですからね」

冷酷な王妃の言葉に、セルヒオは顔を上げられないでいた。

＊＊＊

離宮の自室でぐるぐると歩き回りながら、ミレイアは頭を抱えた。

窓の外はすっかり日も暮れ、空には星がちらつきはじめている。

ある。


（一体どうしたら）

ナタリーから思うような情報を得られなかったミレイアは焦っていた。

このまま手をこまねいていたら、リーナがセルヒオに接触してしまうかもしれない。

そうなったら王太子妃として立場のないミレイアは切り捨てられてしまう可能性がある。


療養だと離宮に閉じ籠もっていて本当にいいのだろうか。

つま先から泥水に沈んでいくような冷たい不快感が這《は》い上がってくる。

「ミレイア様、いかがなさいましたか？」

食事を運んできたメイドのルーシュが心配そうに声をかけてきた。

「な、何でもないわ」

うわずった声で返事をすれば、ルーシュの表情がますます気遣わしげなものに変わっていく。

案じてくれるのは嬉しいが、今はそれすら不安を煽る。

わずかに残っている味方までいなくなってしまうのではないかと不安がこみ上げてくる。

「殿下のことを考えていたの。私のせいでお忙しくしていないか、と」

「まぁ……ミレイア様は本当にセルヒオ殿下を大切に思っていらっしゃるのですね」

ふたりの恋物語に心酔しているルーシュはうっとりと頬を赤らめる。

彼女たちにしてみればミレイアは憧れなのだろう。

何も持っていないのに、奇跡のような結婚を果たした。

(でも現実はどこまでも残酷だわ)

一晩でお姫様になんて結局は夢物語でしかないのだ。

高貴な人たちは立場に見合うだけの努力と、それを可能にする才能を持って生まれてきている。

(卑怯な手段でこの場にしがみついている私には相応しくない)

偶然、目の前に転がり落ちてきた椅子にみっともなくしがみついている自分はどれほど惨めなのだろうか。

どんなに努力してもリーナの幻影に勝てない。

周りにいた人たちがどんどんと離れていく恐怖。

もし、今セルヒオにまで背中を向けられたら。

(どうにかして殿下の心を私に引き留めておかなければ)

だが、今のミレイアにはどうすればそれが可能なのかまったくわからなかった。

逃げるように離宮に引き籠っている現状では、物理的にもセルヒオとの距離は離れたままなのだから。

「殿下はずいぶんとお忙しくしてらっしゃるようです」

「そう……」

「でもミレイア様のことは気にかけてらっしゃいましたよ。そうそう、王妃様もお見舞いの品を届けてくださっていますし」

「王妃様が？」

意外な言葉にミレイアは目を丸くする。

王妃はリーナの妃教育を担当していたこともあり、ミレイアとはあまり関わろうとしない人だった。

だが、まさかこんな気遣いをしてくれるなんて。

「こちらです」

ルーシュが運んできたのは籠に盛られた果物だ。

どれもみずみずしく、美味しそうな色味をしている。

不安のせいで食欲の落ちていたミレイアは、少しだけ気分が上向きになるのを感じた。

「お食事の後にお出ししますね」

「ええ。でもこんなに果物ばかりなんて」

「それは……」

何かを言いかけたルーシュが口ごもる。

どうしたのかとミレイアが目を瞬けば、困ったように肩をすくめられてしまった。

「おそらく王妃様は……ミレイア様がご懐妊されたと勘違いをされているのだと思うのです。この果物は、どれもつわりに効くと有名ですから」

「あ……」

思わずミレイアは自分の腹部を押さえる。

「すみません余計なことを」

「いいのよ。気にしないでちょうだい」

「すぐに果物をご用意してきますね」

そそくさと部屋を出て行くルーシュを見送りながら、ミレイアは薄い自分の腹を撫で続けていた。

（そうよ。どうして気がつかなかったの）

先ほどまでは暗く沈んでいた瞳に輝きが宿る。

セルヒオとミレイアの間にはまだ子がいない。

お互いにまだ若く忙しいこともあり、急ぐことではないと考えていたからだ。

（見つけた。これしかないわ）

ふたりの間に生まれる子どもは、間違いなく国の宝。

男児であれば王位継承権を持つことになる。

つまりミレイアは国母としての立場を確立できるのだ。

暗闇に射し込んだひと筋の光明を感じ、冷え切っていた指先に血が通っていくような気がした。

（善は急げだわ）

目の前に置かれていた食事に手を伸ばし、口に運ぶ。

今は少しでも体力をつけておきたい。

「ミレイア様、果物をお持ちしました」

「ありがとう」

「まあ、食欲が戻られたんですね！」

「ええ。王妃様からいただいた果物の香りを嗅いだらなんだか気分がよくなったの」

「それはよろしゅうございました」

「この後、セルヒオ様に手紙を書こうと思うの。届けてもらえる？」

「勿論《もちろん》です」

元気よく答えてくれるルーシュに、ミレイアは恥じらうような笑みを作って見せたのだった。

それから数刻。

すっかりと夜も更け、静けさが離宮を包んでいる。

数本のろうそくだけを灯した自室で、ミレイアは今か今かとその時を待っていた。

ほんのりと肌の透けた寝衣にガウンだけを羽織り、寝台のうえで膝を抱えて目を閉じる。

「──私だ」

「どうぞ！」

扉の向こうから聞こえてきた待ち人の声に、ミレイアは弾む声をあげながら寝台から跳ねるように床へと降り立った。

足音を殺すように室内に入ってきたのは、疲れ切った顔をしたセルヒオだ。

まだ正装のままということは、今まで仕事をしていたのだろう。

ミレイアは傍に駆け寄り、労るように手を伸ばす。

「こんな時間にどうしたんだ。体調はいいのか」

「はい。ずいぶんと回復しました。明日には、公務に戻れると思います」

「……そうか」

喜んでくれるかと思ったのに、セルヒオの返事は歯切れが悪い。

視線も合わず、明らかに苛立っているのが伝わってくる。

顔色も悪く、どこか陰りを帯びた雰囲気をまとっているのが気にかかった。

「お疲れですか？　ご負担をおかけして申し訳ないです」

「いや……こればかりは仕方がない。君も努力してくれているのを私は知っている」

「セルヒオ様」

やはりセルヒオは優しい人だ。

じんわりと胸の中が温かくなり、愛おしさがこみ上げる。

「君の仕事は、いくつか母上が請け負ってくれた。復帰は急がなくてもいい」

「王妃様が？」

ミレイアは驚きで目を丸くする。

セルヒオの母である王妃は、リーナの妃教育を請け負っていたこともありミレイアのことはあまりよく思っていないと思っていた。

できれば気に入られたいとあれこれ努力してみたが、距離は縮まらずじまい。

そのため、本来ならば城の奥に住まいを構えるべきなのに少し離れた場所に部屋を持つことになったのだ。

（もしかして、私のことを心配してくださっている？）

ここしばらくは関わりを断っていたが、体調不良を案じて気持ちを変えてくれたのかもしれない。

「それは申し訳ないことをしました。戻ったらすぐに挨拶に向かいます」

「いや、それはいい。母上も忙しい身だから」

「そうですか……？」

これを機に仲良くしておきたいのに、とミレイアは唇を尖らせる。

（しかたがないわ。どちらにしても、この先は王妃様にはお世話になるのだから）

「セルヒオ様」

ミレイアはガウンを脱ぎ捨てると、セルヒオの身体に細い腕を回した。

「っ……ミレイア？」

「セルヒオ様。私、本当はずっと寂しかったのです」

「何を……」

戸惑いの声をあげるセルヒオに、ミレイアは身体を押しつけるようにして抱きつく。

久しぶりに感じる夫の体温に、じわりと身体が熱を帯びるのを感じた。

「どうか、私にお情けをください」

（そして子を授けてください）

リーナとセルヒオが再会する前に子を授かってしまえば、ミレイアが正妃の座を追われることはないはずだ。

子の存在は何よりも尊い。

（もう、これしかない）

王太子妃としてまともに公務を果たせないのならば、王家の血を繋《つな》ぐという役目に徹してしまえばいい。

セルヒオの背中に回していた手を動かし、上着に手をかける。

「やめないか！」

「きゃあ！」

だが、セルヒオはミレイアの手を思い切り振り払った。

反動で床に倒れ込んだミレイアは、信じられない思いでセルヒオを見上げる。

「君は……何を考えている？　こんな時に」

こちらを見下ろすセルヒオの表情には明らかな嫌悪感が滲んでいた。

いつも笑顔を浮かべている穏やかで優しいセルヒオはそこにはいなかった。

「私がどれだけの思いでここに来たと思っているんだ！」

「セルヒオ、様……？」

ぐしゃりと髪をかき混ぜるようにしてかき上げ、眉を吊り上げながら声を荒らげている。

悪い夢でも見ているような気持ちだった。

「君はしばらく離宮からは出るな。公務に戻る必要はない」

「そんな……そんなの……」

「うるさい。離宮にいる間、少しでもいいから努力してくれ。もっと頑張ってくれ」

目の奥が刺すように痛む。

喉の奥に苦くて重いものがつまり、呼吸がうまくできなくなる。

怒らないで、嫌わないでとすがりたいのに身体が凍り付いたようにうまく動かず、唇を震わせることしかできなかった。

「……ごめんな、い」

か細い声で謝れば、セルヒオがはっと息を呑む。

美しい顔をしかめ唇を噛みしめる表情に滲む後悔と悲しみに、ミレイアの心が引き裂かれそうになる。

こんな言葉を使い、こんな顔をする人などでは決してなかったのに。

すべては自分が招いてしまった罪なのだろうか。

身の丈に合わぬ夢を持ち、卑怯な手段でそこにしがみ続けてきた自分への罰なのだろうか。

「セルヒオさ、ま」

捨てないで、と願いながら伸ばした手にセルヒオは応えてはくれなかった。

逃げるように踵《きびす》を返し、荒々しい足取りのままに部屋を出て行ってしまう背中を追いかけることなどできなかった。

（もう、ダメなの……？）

床に座り込んだミレイアは、ぼんやりとした表情で部屋の扉を見つめ続けていた。

『さっきは悪かった。言いすぎた。これからも一緒に頑張ろう』

泣きそうな顔で駆け寄ってきてくれるセルヒオの幻影はすぐに消えてしまう。ろうそくの火が消え、部屋の中が暗闇に包まれてもミレイアはその場から身動きひとつ取れずにいた。

翌朝。

まともに食事を取ることもできないほど憔悴《しょうすい》したミレイアの元に届いたのは、一通の手紙。

セルヒオからの便りかと思って飛びついた封筒に書かれていた差出人の名前は、男爵家の名前だった。

――ミレイア。急ぎですまないが金を都合してくれ。新しい商売をはじめるつもりだ。王太子殿下にもご挨拶にうかがうと伝えておいてくれ――

それ以外には何も書かれていない。

どこまでもミレイアを道具としてしか見ていない父の言葉に、ミレイアは口の端を歪める。

まともに社交をしていれば、今のミレイアがどれほど不安定な立場にいるのか理解できるはずだ。

どうしてこんな手紙を書けようか。

「は、はは……あはは……」

乾いた笑いが勝手に溢れる。

この世で唯一留めておきたいと願った人からは捨てられた。

家族として扱って欲しかった人からは愛されてすらいない。

ぐしゃりと手紙を握り潰しながら、ミレイアは子どものように身体を丸め声にならない悲鳴をあげた。

＊＊＊

「今日はずいぶんと賑《にぎ》やかね」

婚約者であるバートンは同伴なしで外出して欲しくないようではあったが、引き籠ってばかりは息が詰まるとナタリーは街に買い物に来ていた。

馬車の窓から見える王都の街並みはいつもに比べてかなり人出が多い気がする。

何かあったのだろうかとのぞき込んでいれば、付き添いのメイドが、ああ、と声をあげた。

「隣国の皇太子ご一行がいらっしゃったからだと思いますわ」

「カルフォンの？」

国境を流れる運河の上流に位置するカルフォンは、コロムよりも大きな国で多種多様の産業が発展している。

最近ではカルフォンからの輸入品を身につけることが貴婦人の嗜《たしな》みと言われているほどだ。

「そうです。カルフォンの皇太子殿下は、かなりの美丈夫だと聞いております。みんなひと目見ようと必死なのですわ」

「まぁ」

（どんな顔なのかしら。しばらく滞在するのならば、どこかで挨拶できるかも）。

カルフォンはバートンも仕事で縁深い相手だ。

縁を繋いでおくことにこしたことはないだろう。

それが見目麗しい男性ならばなおのことだ。

「皇太子殿下はご結婚されているのかしら？」

「自国の伯爵令嬢と結婚されているそうですよ。とても仲がいいご夫婦だそうで、今回も同伴されているとか」

「ふうん」

既に相手がいると聞いてナタリーの気持ちがわずかに萎《しぼ》む。

「わざわざ外交にまで同伴するなんて、愛がありますよね。まるで旦那様とナタリー様のよう」

「ふふ」

馬鹿らしい、と思いながらも否定せずナタリーは肩をすくめる。

ナタリーに群がっていた数多《あまた》の婚約者候補の中から選ばれたバートンは、いまだにナタリーを他の男に奪われるという恐怖を抱いているらしく、外出や来客を喜ばない。長期の出張には同伴させたがるし、よほどのことがない限りひとりでの外出はやめてほしいと頼まれているくらいだ。

信用されていない息苦しさはあったが、それを補うだけの愛情表現と贅沢な暮らしを考えれば許容範囲だろう。

そういった束縛をしたがる男というのは、得てして自分に自信がないものだ。

隣国の皇太子というのは見た目は美しくとも、中身は大した男ではないのかもしれない。

（どちらにしろ、一度は会っておきたいわ）

権力者と縁を繋いでおくことは利益になる。

(そういえばあの小娘はどうしているのかしらね)

頭に浮かんだのは王太子妃という座を手に入れたミレイアのことだ。

リーナの行方を聞きに来たミレイアは、王族とは思えないほどに自信なさげでおどおどとしていた。

妃教育がうまくいっていないとは聞いていたが、あそこまでとは。

(もっと狡猾な性格なら、うまくいったでしょうに)

リーナへの劣等感と罪悪感にまみれて身動きが取れなくなっているミレイアの姿を憐れとは思うが、同情はしない。

欲しいものを手に入れるためには、ある程度の覚悟と度胸が必要なのだ。

それをもたぬまま行動を起こし、溺れるのは自業自得でしかない。

「奥様。今日はどちらに行かれるのですか?」

「メンダシウム商会よ」

「ああ、あの今流行の!」

メイドの表情に喜色が混じる。

メンダシウム商会はそれこそカルフォンからの商品を多く仕入れている人気の店だ。

「先日、訪ねていらしたレッド様があの商会にお勧めだというの。大変楽しい時間を過ごさせていただいたからお礼もかねてご挨拶にうかがおうかと」

あの日の別れ際、ぜひ店に遊びに来て欲しいと微笑んでくれたレッドの笑顔が忘れられない。

握手を交わした大きな手のひらの感触を思い出すだけで、不覚にも胸がときめく。

(ほんの少しくらい、夢を見たっていいわよね)

バートンに不満がないわけではないが、裏切るつもりは毛頭ない。

結婚相手という面で考えれば、彼ほど好条件の男性はいないだろう。

ただ、何のしがらみもなく恋に溺れていた頃が懐かしくなっただけなのだと自分に言い訳しながら、ナタリーは早く店に着かないだろうかと気持ちをはやらせる。

メンダシウム商会の店は大通りの中心にあり、皇太子の来訪ということもありとても賑わっていた。

(来る日を間違えたかしら)

レッドに会えたとしても忙しくてまともに話す間がないかもしれない。

落胆しながら店内に入ったナタリーだったが、このあたりでは見かけない珍しい品々に一気に気持ちを浮上させた。

付き添いのメイドも一緒になって目を輝かせている。

「奥様、とっても素敵ですね」

「本当ね」

装飾品もこれまで慣れ親しんだものとは異なり、艶やかで目を引くデザインのものが多い。

どれを買おうかとナタリーが迷っていると、視界に影が差した。

「ごきげんようナタリー様。本当に来てくださったのですね」

「レッド様！」

顔を上げたところにいたのは、他でもないレッド本人だった。

訪ねてきた時とは違い、制服なのかかっちりとした服を着ているし髪型だって整えられている。

ぐっと大人の色気を増したその風貌にナタリーはくぎづけだった。

「せっかくお招きいただいたのですもの」

「それは光栄だ」

少年のような笑みを浮かべるレッドに、隣にいるメイドまでもが見惚れている。

（やっぱり素敵）

貴族ではなく、商人ということもあるのだろう。

立ち振る舞いはスマートだが、まっすぐな言葉遣いに気取ったところはない。

時折向けられる視線は熱っぽくて真剣だ。

何もかもが新鮮で、ナタリーの胸は高鳴りっぱなしだった。

「今日はどのようなものをお求めですか？」

「何、というわけではないの。ただ、カルフォンの商品に興味があって。ほら、皇太子殿下が来たと騒がれていますでしょう？」

「ああ。そうですね」

「バートンについて夜会に参加した時にお会いする機会があるかもしれないので、あちらの流行を知っておくのもいいかと思って」

「ナタリー様はずいぶんと勤勉でいらっしゃる。そういうことでしたら、ぜひご案内させてください」

うやうやしい動きでレッドが腕を差し出してくる。

エスコートしてくれようとしている態度に、頬が熱を帯びた。

「でもそんな……お忙しいのではないですか？」

「ここだけの話ですが、あまり接客は得意ではないのです。できれば、一緒にいてくださると助かります」

茶目っ気たっぷりな仕草で片目をつむって見せるレッドの腕に、ナタリーはそっと自分の腕を置いた。

筋肉の付いた男性らしい腕は、本当に商人なのかと尋ねたくなるほどにたくましい。

「今日だけはそのお言葉を信じて差し上げますわ」

「感謝します、レディ」

くすくすと肩を揺らしながら、ナタリーはレッドの案内のもとに店内を見て回った。

カルフォンではゴテゴテとしたデザインのドレスよりも、シンプルな作りの衣装が流行していることや、相手の瞳を模した宝石のブローチを贈ることが求婚表現であったりと、コロムとは細かい違いがあり興味深い。

「あちらでは髪を染めるのも流行っているの？」

髪飾りに紛れて売られている、染め粉を見つけたナタリーは不思議そうに目を瞬く。

コロムでは生まれ持った身体的特徴を隠したり傷つけたりすることは、恥だと考えられる傾向にあった。

そのため、カルフォンでは主流だという耳に穴を開けるタイプのピアスは、国内では殆ど売られてはいないくらいだ。

「珍しくはない、程度ですね。女性は、ドレスの色にあわせて一時的に染めたり、お忍びでの外出時に使ったりと案外活用方法は多いようです」

「そうなのね……男性は、どうなのですか？」

ちらりと意味ありげな視線をレッドに向ければ、美しい目元がほんのりと弧を描く。

「人目を忍んでまで会いたい女性がいる時は、使うかもしれませんね」

「まあ、悪い人。泣かせた女も多いのでしょうね」

「そうでもありませんよ。こう見えて、案外純情なのです。そして損をするタイプでもある」

「損？」

「……この人だ、と思う女性に出会っても、既に誰かのものであることが多くて」

「っ……」

じっと見つめてくるレッドの視線には、明らかな情熱が宿って見えた。

ナタリーの心臓がきゅうっと小さく跳ねた。

（まさか、レッドも私を？）

期待していなかったと言えば嘘になる。

だが、レッドはバートンとは仕事仲間だ。

仲間の妻に手を出すなど、信用を第一とする商人の行いとしては最も嫌われる悪手だろう。

（でも、私はまだバートンとは結婚していない）

心の奥で何かが燃え上がっていく予感に、ナタリーは瞳を輝かせる。

「あの、申し訳ありません」

「！」

見つめ合うふたりの背後から、申し訳なさそうな声がかけられた。

振り返ればふくよかな男性店員がハンカチで汗を拭きながら立っている。

「レッドさん。ちょっと困ったことがありまして。少々よろしいですか？」

「構わないよ。すみませんナタリー様。少し席を外します」

「ええ」

「あちらに休憩用の席がありますから、そこで待っていてください」

レッドは躊躇いなくナタリーの腕を外し、店員の方へ行ってしまう。

「あ……」

離れていくレッドを名残惜しげに見つめながら、ナタリーは他の店員に案内されるままに休憩席へと向かった。

ずっと傍に付いていたメイドが、何か言いたげな視線を向けてきていたが、あえて無視する。

人気店ということもあり、休憩用のスペースにも沢山の人が溢れていた。

しかしレッドの采配なのか、ナタリーが案内された席のまわりは比較的空いており静かな雰囲気だ。

上等な革が張られていることがわかる椅子に腰掛け、ふう、と息を吐けば高揚していた気持ちが少しだけ落ち着く。

「奥様。お茶をもらって参りますね」

「ええ」

その場を離れていくメイドを見送りながら、ナタリーはほうと息を吐いた。

(ああ、まるで夢を見ているよう)

レッドという男性はナタリーの理想そのものだ。

もしバートンより先に出会っていたら、間違いなくレッドを選んでいただろう。

(……でもダメ。私はもうすぐ結婚するんだから)

先ほどは流されかけたが、わずかに残っていた理性が思考を正常化させていく。

いくら素晴らしい男性に出会ったからといって、ここまで尽くしてきてくれた婚約者を捨てればナタリーとてただではすまないだろう。

だってバートンには何の非もないのだ。

婚約破棄の代償は、多額の賠償金に不名誉な噂と相場が決まっている。

リーナのように人々から後ろ指を指され悪し様に言われるなど、耐えられない。

(これは結婚を控えた私への、神様からの贈り物かもしれないわね)

学生時代、どうしても手に入らなかった初恋の続きを夢見ていると思えば少しは救われるというものだ。

「……というのは本当か」

「ああ。かなり危ない状況らしいぞ、グラッセ家は」

（え？）

隣の席から聞こえてきた会話に紛れた聞き覚えのある家名に、ナタリーは動きを止めた。

視線だけを動かしてみれば、きっちりとしたスーツ姿の男性ふたりが顔を寄せ合い何やら話し込んでいる。

風貌からして商人のようだが、彼らの表情はとても深刻そうだ。

「しかしグラッセ家だぞ。多少、取り引きで赤字を出したくらいで傾くものか」

「いや、実はそうでもないらしい。景気よく振る舞っているのは虚勢で、その内情は破綻寸前だという話だ」

「まさか。跡取りがもうすぐ結婚するんだろう？　そんな状況で嫁いでくる女がいるものか」

「だからこそ隠しているんだろう。結婚してしまえば離婚は容易ではないからな」

ざっと全身の血が冷えていくような気分だった。

（グラッセ家が破綻寸前？　そんなことあるわけないわ）

そんな気配は微塵も感じたことなどなかった。

バートンはどんなにお金を使っても嫌な顔ひとつしないし、義理の両親になる人たちだっていつも華やかな生活を送っている。

根も葉もない噂話だ。

だというのに足元がぐらついていくような恐怖に身体が震えてしまう。

(でももし本当だったら？)

グラッセ家が本当に傾いていたら。

結婚後に種明かしをされて一緒に苦労してくれと言われたら。

(そんなのごめんよ！)

沢山いた求婚者の中からバートンを選んだのは、最もお金持ちでナタリーの欲求を叶えてくれると思ったからだ。

もしそれがないのならば、結婚する意味などない。

油断すれば震えそうになる手をぎゅっと握りしめて耐えていれば、席に近づいてくる足音が聞こえた。

メイドが戻ってきたのだろうか。使用人ならば、本当の財産事情も知っているかも。

「……ねぇ……あ！」

だが目の前に立っていたのはレッドだった。

その手には氷水の入ったグラスが握られている。

「どうしたんだいナタリー様。ずいぶんと顔色が悪い」

砕けた口調で声をかけられ、距離が近くなる。

「いえ、大したことでは……」

「調子に乗って連れ回してしまったから疲れさせてしまったかな？　これを飲んで少し落ち着くといい」

渡されたグラスはよく冷えていた。

酷く喉が渇いていることに気がつき、ナタリーはグラスの水を口に含む。

ほんのりと酸味のきいた味わいと柑橘《かんきつ》系の香りに、レッドの気遣いを感じ気持ちが凪《な》いでいくのがわかった。

「ありがとうございます。少し、落ち着きました」

「君を連れ回して体調を崩させたなんてばれたら、バートンに殺されてしまうからね」

安心したと微笑むレッドをナタリーは見上げる。

（そうだ。レッド様なら本当のことを知っているかも）

何せ商売相手だ。相手の事情は把握しているだろう。

「あの、レッド様」

「何だい？」

「つかぬことを伺いますが、バートンとはどのようなお仕事で知り合ったのですか？」

突然の質問にレッドがわずかに目を見開く。

「……どうしたんだい急に」

「いえ。お恥ずかしい話なのですが、バートンがどのようなお仕事をしているのかあまり詳しくなくて……彼の仕事ぶりはどうです？　レッド様にご迷惑などかけていませんか？」

すがるような思いだった。

ここでレッドが「バートンには世話になりっぱなしだ。彼は有能な人物だよ」とでも言ってくれれば安心できる。

「何か聞いたのか？」

だが、期待はあっけなく裏切られることになった。

レッドの表情は沈痛そのものだ。

まるで質問されたことに苦しんでいるようであった。

「あの……実は……グラッセ家が、傾きかけているという噂を耳にして」

震える声での問いかけに、レッドが視線を逸らす。

（そんな、まさか。ありえないわ）

信じていたものがガラガラと足元から崩れていくような思いがした。

結婚後に訪れると信じていた、今以上の華やかな暮らしが遠ざかっていく。

「……あくまでも噂ですよ」

「噂って」

レッドの態度は雄弁だ。何か確証を持っているとしか思えない。

「何を知っていらっしゃるの。教えてください」

「バートンが、あちこちで金策に励んでいるという話を小耳にはさんだ」

「嘘よ」

「俺もそう思う。今のところ彼との事業にほころびはないからね。だが、火のないところに煙はたたないというのも事実だ」

身体の芯が冷え切って目の前が暗くなる。

「ナタリー。君は賢く有能な女性だと聞いている。どうかバートンを支えてやってほしい。彼には君が必要なんだ」

「そんな……」

(なんて残酷なことを言うの。私はあなたに惹かれているというのに)

叫びだしそうなのを必死にこらえながら、ナタリーはレッドに手を伸ばす。

「何かあれば協力は惜しみません。今は、どうかバートンを信じてあげてください」

だがその手を取ってもらえることはなかった。

レッドはあくまでも紳士的にナタリーをなだめるばかりだ。

「今日はもう帰った方がいい。バートンときちんと話すべきだ」

「でも、そんなのって……」

もしバートンを追及して、すべてが真実だとわかったらどうすればいいのか。

信じたくないと首を振るナタリーを、レッドが心配そうに見つめている。

今すぐこの胸にすがって、連れて逃げてと叫びたかった。

「奥様？」

「！」

戻ってきたメイドの声に、ナタリーは我に返る。

ここが店の中で周囲には沢山の人の目があるのだ。

自分が何をしようとしていたかに気づき、身動きが取れなくなってしまう。

「どうやら人混みに疲れてしまったようなんだ」

「まあ大変！　奥様、歩けますか」

心配そうに駆け寄ってくるメイドの顔をまともに見ることもできない。

目の前が暗くなっていく恐怖を感じながら、ナタリーは浅い呼吸を繰り返した。

＊＊＊

いらいらと机の上を指で叩きながら、セルヒオは昨日の出来事を思い出していた。
急用があると呼び出された離宮で、ミレイアに迫られたのだ。
(こんな時に何を考えている)
正気を失っているとしか思えない。
妃教育が滞っている上に、病気療養という名目で離宮に引っ込んでいるのに。
(母上の言っていることは正しかった、ということか)
ミレイアは王太子妃の器ではない。
今の状況が一切見えていない。
「くそっ……」
苛立ちに任せ机を叩く。
室内に控えている文官たちが怯えの表情を滲ませるが、取り繕う余裕さえなかった。
(もし、リーナと結婚していれば)
公私共によき理解者として支え合っていけたのではないか。
自ら閉ざしてしまったもうひとつの可能性を思い浮かべる度に、胃が痛みを訴える。
ここ数日、ろくに食事も取れていない。
手紙について調べるように命じた文官からは新たな連絡は来ていない。
インクから何かわかればいいかと思ったが、可能性は限りなく低いだろう。

（リーナ。どうして私に手紙を送ってきた？　私に何を期待している？）

あれ以来、新しい便りはない。

探して欲しい願っているのならば、そろそろ新しい連絡が来てもいい頃だ。

むしろ、それを待ち望んでいる自分に気がつきセルヒオは拳を握りしめる。

「殿下……」

おずおずといった声が聞こえ視線を向ければ、怯えた顔をした文官が立っていた。

「そろそろ顔合わせのお時間です」

「ああ……もうそんな時間か」

悩みの種は尽きないが、この仕事を失敗するわけにはいかない。

王太子という立場にいる以上、国のための仕事を果たさなければならないのだ。

人の上に立ち、いずれは国王となることをずっと義務づけられてきた。

正しいとされる道から決して外れることなど許されない。

そんなものは美しくないのだから。

応接間では既にカルフォン皇太子一行が待っていた。

正式な会談ではなく、非公式の顔合わせということもあり和やかな雰囲気だ。

「遅れて申し訳ない」

「いえいえ。こちらが早く着きすぎたのですよ」

軽く頭を下げれば、ひとりの青年が立ち上がり笑顔を向けてくる。

艶やかな黒髪に黒い瞳。切れ長な目元は涼やかだ。

セルヒオより頭ひとつほど背が高く、しっかりとした体つきということもあり、大人びた印象を感じさせる。

「フェリクス・カルフォンです」

「セルヒオ・コロムだ」

お互いに手を出し、握手を交わす。

握り合った手のひらは厚く硬い感触がした。

「皇太子殿は、剣を嗜まれるのか？」

「気軽にフェリクスと呼んでください。私たちは、国は違えど立場は同じ同士ではないですか」

「そうか。では私のこともセルヒオと」

嬉しそうに頷きながらフェリクスは、自分の手のひらに視線を落とす。

「私は皇太子になるまでは、騎士団におりました。今でも当時の癖が抜けず、つい鍛錬を」

「騎士団に」

意外だと目を見張れば、フェリクスは苦笑いを浮かべる。

「お聞き及びかとは思いますが、我が国は数年前まで後継問題で揉めていましてね。私が皇太子になれたのは、運がよかっただけなんですよ」

その言葉にセルヒオはカルフォンの歴史を思い出す。

先々代の皇帝が頓死した時、子どもは皇女ひとりしかいなかった。

だが、その皇女は身体が弱く表舞台には立てぬ身体だったため、継承権を早々に放棄し、市井に身をやつした。

残る直系は皇帝の腹違いの弟だけだったが、将軍だった彼は数年前に赴いた戦地で行方知れずになっていた。

皇帝の席を埋めるために選ばれたのは、王族の血をわずかに引く傍系の青年。

気が弱かった彼は、豪腕で知られる宰相の操り人形になった。

貴族ばかりを重んじる政策がとりつづけられ、国内はかなり荒れたという。

そんな暗黒の時代に光をもたらしたのは、長く行方知れずだった皇帝の弟。

どこからともなく帰国した彼は、皇位継承権の正当性を主張し、宰相一派を討伐。

そしてどうやって探し出してきたのか、市井で暮らしていた皇女が生んだ直系であるフェリクスを見いだし、皇太子に指名したのだ。

「今の皇帝陛下は、フェリクスの大叔父にあたるのだったな」

「ええ。私の母の叔父になります。陛下は私の育ての親であり後見人です。市井で暮らしていた私を、見いだしてくれました」

（先々代皇帝の娘が市井で産んだ子か）

皇帝の娘は市井に降りた後、騎士と夫婦となっていた。

だが彼らは病で亡くなり、フェリクスは身寄りのない子どもとして教会で育てられていたのだという。

それを現在の皇帝が見つけ出し、未来の皇帝とするべく育てあげた。

彼の人生は美談としてカルフォン中で語り草になっており、このコロムでも当時ずいぶんと話題になった。

（不思議なものだ）

フェリクスの立場は、ミレイアに通じるものがあった。

本来ならば表舞台に立つことはなかった人材。

フェリクスは自信に満ちており、素晴らしい人間であることが伝わってくる。

政治でも見事な采配を振るって優秀さを発揮し、特に身寄りのない子どもや弱い立場の女性たちを救う政策を推進していることもあり、国内での支持は高いという。

加えて自国の伯爵令嬢と結婚を果たし、その人生は順風満帆。

（ミレイアもこうであってくれれば）

育ちは関係ない。血統と教育さえあれば輝けるのだと証明して欲しかったのに。

「今回の協議ではお互いによき結論を導きたいと考えています。セルヒオがどのように話を進めてくるのか楽しみです」

「勿論です……そういえば、フェリクスは奥方を連れて入国したとか」

「はは。お恥ずかしい」

はにかみながら頬を染めるフェリクスは、幸せそうに目を細める。

「実は私は妻にベタ惚れでして。出国している間、どうしても離れたくないと無理をいって連れてきたのです」

「それはそれは。フェリクスはずいぶんと愛妻家なのですね」

「ええ。妻に出会わなければ、私の人生はきっと闇に閉ざされたままでした。彼女は私の宝なんです」

隠す気のない惚気にセルヒオは思わず苦笑いを浮かべる。

「奥方は素晴らしい女性なのでしょうね」

「ええ。陰日向に私を支えてくれています」

（ああ、羨ましい）

湧き上がるのは嫉妬だった。

輝かしい人生を歩み、伴侶にも恵まれたフェリクス。

同じ立場であるはずなのに、どうしてこうも違うのか。

少し前までは、セルヒオも同じだった。

未来への希望に溢れ、何の不安も憂いもなかった。

だというのに、今では何かの影に怯え不安で胸を苦しくさせている。

（リーナ。やはり君であるべきだったのか）

ミレイアへの愛情が消えたわけではないが、王妃の言葉や、見えてきたリーナの過去の真実がその想いを陰らせる。

なぜ、あの時もっと情報を精査しなかったのか。

リーナに話を聞いて信じてやれなかったのか。

そうすれば、セルヒオはフェリクスと同じ笑顔を浮かべられていたのではないのか。

水面に浮かび上がる泡がはじけ、心に波紋を広げていく。

「セルヒオも素晴らしい女性と結婚しているそうではないですか。我が国でも有名ですよ、奇跡の恋物語としてね」

「……それは……お耳汚しを」

「とんでもない。庶子であった娘が王子と恋に落ち王太子妃になるなんて、物語ならばあまりにご都合主義だと読者の失笑を買うところでしょうが、事実ならば素晴らしいことです。愛が立場を超えたのですから」

「はは……」

興奮した様子で褒め称えてくるフェリクスに、セルヒオは乾いた笑いを返すことしかできなかった。

じくじくと痛む生傷を抱えたような不快感がこみ上げてくる。

（リーナを探さねば）

そうすれば、きっとすべてが元に戻るはずだ。

セルヒオは笑顔を貼りつけたまま、仄暗《ほのぐら》い想いに心を染めていったのだった。

＊＊＊

昼間だというのにカーテンを閉め切った部屋の中。

ミレイアはベッドの上で膝を抱えてうずくまっていた。

セルヒオに拒絶されたことで、ミレイアの心はぼろぼろだった。

（どうしよう。どうしよう）

何がいけなかったのだろうか。

愛して欲しいと願っただけなのにどうして。

（もしかしてリーナ様ともう再会してしまったの？）

ミレイアが知らぬ間にセルヒオとリーナが顔を合わせていたとしたら。

五年前、ミレイアが本当は何もされていなかったことを知られてしまっていたら。

(怖い。どうすればいいの。誰か助けて)

整えられていない髪は乱れ、睡眠の取れていない顔色は酷く悪い。

こんな姿を見られたらさらに心が離れてしまうかもしれない。

でも、もしかしたら憐れに思ってくれるかもしれない。

心の中がぐちゃぐちゃに入り乱れ、油断したら大声で叫んでしまいそうだった。

いつ何時、お前は王太子妃には相応しくない、ここを出て行けと衛兵が飛び込んでくるのではないかという妄想が拭いきれない。

「……ミレイア様」

心配そうなルーシュの声に、ゆるゆると顔を上げる、

「どうしました」

「お身体の具合が悪い時に申し訳ありません。急ぎだとご実家から手紙が……」

ぐ、っとミレイアは唇を噛む。

金の無心を願う手紙に、これまではすぐに返事をしてきたミレイアだったが、先日の手紙にはまだ返事をしていなかった。

それどころではなかったし、関わりたくもなかったからだ。

「あの、どうしましょう……」

中身は見なくてもわかる。

早く金を送れという無心だろう。

どこまでも利己的な父のことだ。手紙を無視し続ければ、ここまで押しかけてくるに違いない。

もしそうなれば、ただでさえ周囲から疎まれている状況が加速していくだろう。

そうなったら、もう取り返しが付かなくなる。

「私の宝石箱を持ってきて」

ルーシュの表情が曇る。

「でも、それは」

「いいから早くして!!」

声を荒らげれば、ルーシュが慌てた様子で宝石箱を持ってきた。

王太子妃になってからセルヒオや王家から贈られた宝石や装飾品が入っている。

小ぶりのダイアがついた指輪を取り出すと、ミレイアはそれをルーシュに握らせた。

「これを私の実家に送ってください」

「いけません、ミレイア様。これは……」

「私がいいと言ってるのだからいいのよ！」

これ以上、煩わせないでほしかった。

王家から贈られた指輪ならきっと高値で売れるだろう。

しばらくは金の無心も収まるはずだ。

何か言いたげにミレイアと指輪を見比べていたルーシュだったが、意を決したように指輪を握りしめ深く腰を折った。

「なるべく早くお願いね」

「承知しました」

答える声は震えている。

実家のために王家から賜った指輪を手放すミレイアに苦言を呈したいのだろう。

(この子もいずれ私に失望して去って行くのかしら)

慕ってくれる彼女たちにまで背を向けられてしまったら、ミレイアは本当に寄る辺をなくしてしまうだろう。

だが、もうこうするしかない。

他にどうすればいいのかもわからない。

ルーシュが指輪を仕舞うのを見届け、ミレイアは詰めていた息を吐き出した。

(もう、どうすればいいかわからない)

泣き出したいのに泣き方を忘れてしまったような気分だった。

セルヒオに拒絶され、実家からは金の無心ばかり。

いっそこのまま離宮で朽ち果てていくのがお似合いなのかもしれない。

虚無に囚われかけていると、ルーシュがまだそこに立っていることに気がついた。

じっと見られている居心地の悪さに、ミレイアは苛立つ。

「どうしたの？　早くそれを……」

「ミレイア様。もしかして、よく眠れていらっしゃらないのではありませんか」

「え？」

急に何を聞くのだ、とミレイアは目を瞬く。

そんなこと見ればわかるだろうと怒鳴り返したくても、そんな気力もない。

「薬草茶などいかがですか？　少しは気持ちが和らぎますよ」

止める間もなくルーシュがてきぱきと手を動かし、お茶の用意をはじめてしまう。

そんなものいらないと口を挟もうとしたミレイアだったが、お湯が注がれたポットから香ってくる優しい香りに動きを止めた。

（なあに、この香りは。とても気持ちがいい）

甘すぎず辛すぎず、まるで春の草原のような爽やかさだった。

「どうぞ」

カップに注がれた薬草茶は、べっ甲色をしていた。

わずかにとろみのある水面を揺らし香りを楽しめば、憂鬱だった気持ちが少し晴れていくような気がする。

躊躇いがちにお茶を口に含めば、何とも言えないすっきりとした口触りで身体から余分な熱が逃げていくようだった。

先ほどまで身体の中で渦巻いていた暗い気持ちが溶けていく。

「……美味しい」

「よかった」

ほっとしたように微笑むルーシュの笑顔に、胸が締めつけられる。

こんな自分を本当に案じてくれているのだと。

「これ、最近話題の薬屋で買ってきたんです」

「薬屋？」

「なんでも凄腕の薬師がはじめたらしくて、大賑わいですよ。依頼をすればどんな薬も調合してくれるっていう噂で。頭痛腹痛不眠症。恋の病から子宝まで、なんて」

歌のような宣伝文句にミレイアは息を呑んだ。

「その店はどこにあるの？」

「王都の外れですが……ミレイア様？　どうかなさいました？」

「連れて行って」

「え？」

「その店に連れて行って」

願いが叶うかもしれない。

藁《わら》にもすがるような思いで、ミレイアは身を乗り出したのだった。

四章　崩壊の足音

フェリクスとの話し合いは順調に進んでいた。

お互いの負担についても合意が取れ、後は具体的な護岸工事の内容を詰めるところまできていた。

だが問題はやはりベルシュタ公爵家の持つ土地だ。

（あそこが手に入らなければ、実際の計画を進めることはできない）

公爵家は王家とは縁が切れて久しいが、領民には慕われている。

奉仕活動なども精力的に行っていることから、リーナの事件後も特に評判が落ちることはなかった。

厳しい人物ではあるが、公正な人柄ということもあり、悪く言う人間は少ない。

「リーナが見つかればいいのだが」

ようやく仕事を終え自室に戻っていたセルヒオだが、眠る気にならずソファで書類を読みふけっていた。

それは公務に関わるものではない。

すべてリーナ・ベルシュタにまつわるさまざまな調査書だった。

結局、インクからリーナの居場所に繋がるような情報は得られなかった。

わかったことは手紙は国内で出された、というただそれだけだ。

どんな些細な情報でもいいから集めろと命じているが、それがいつ実るかなどわからない。

「くそ……どうしてこんな情報ばかりが出てくるんだ」

セルヒオはリーナの居場所を調べさせるのと同時に、学園時代の事件についても再度詳しい調査を進めさせていた。

出てくるのは、リーナの罪とされていたものの殆どが冤罪だったという証拠ばかり。

絶望と無力感でセルヒオの心はどんどん弱っていく。

「マルクは何をしているんだ」

こんな時こそ傍にいて欲しい幼馴染みの顔を思い浮かべ、セルヒオは唇を噛む。

数日のはずだったマルクの休暇は、いつの間にか長期の休暇へと変更がされていた。

何か実家で不幸があったのかと思ったが、どうやらそうではないらしい。

これまでろくに休みを取っていなかったから、体調を崩したのではないかという噂だが連絡が取れない以上確かめようがなかった。

正規の手続きを踏んで休みを取っている以上、私的な理由で呼び出すことははばかられる。

「あいつならば何かを知ってるはずなのに」

マルクはずっとセルヒオの傍にいた。

きっとリーナについても何か知っているはずだ。

勉強で忙しくしていたセルヒオよりも、俯瞰《ふかん》的に物事を覚えている可能性が高い。

友人として一緒にこの状況の打開策を考えてくれると思ったのに。

「……役立たずが」

王太子である自分のために働くのが騎士の務めだというのに、私の許可も取らず休みを取るなどありえない。

そんな八つ当たりめいた怒りがセルヒオの胸を染めていく。

ぐしゃりと手元の書類を握り潰しながら背もたれに身体を預ける。

視線を向けた窓の外は美しい満月だった。

「リーナ」

月の女神のようだと称されていたリーナの笑顔を思い出す。

どうして自分はあの笑顔を手放してしまったのか。

真実に近づくにつれ、その後悔はどんどん強くなっていった。

(なぜ私にすがらなかった？　もっと無罪を主張してくれればよかったんだ。そうすれば私は、君を信じたのに)

婚約者であるセルヒオを信じてくれなかったリーナへのやり場のない苛立ちが募っていく。

思い返せば、リーナはいつだってそうだった。

自分のことは二の次で、いつだってセルヒオの意志や気持ちを優先させる。

もっと我儘であってくれたなら、ミレイアのように可愛く思えただろうに。

何もかもは過去のことで、今更悔やんでも遅いことはわかっている。

それでも。

(もう一度、やり直せたら)

幸いにもまだミレイアとの間に子はできていない。

リーナを側妃として迎え、先に子ができさえすればそれを理由に位を入れ替えることだって可能だろう。

ソファの背もたれに身体を預けながらセルヒオは瞼《まぶた》を閉じる。

――セルヒオ様。

思い浮かぶのは、リーナの優しい笑顔だ。

あの頃に戻ればいい。

そうすればきっとすべてはよい方向に向かう。

セルヒオはそんな甘い夢に浸りながら、ゆっくりと眠りに落ちていった。


翌朝。

爽快な気分で目を覚ましたセルヒオは、フェリクスとの話し合いに向かう準備を進めていた。

(とても気分がいい。リーナの夢を見たおかげかもしれない)

フェリクスとの協議が終わり次第、国王に相談をしてリーナへの処分を取り消そう。

そして再びこの国に迎え入れ、離れていた間の溝を埋めていけばいい。

歌いだしたいほどの気分でセルヒオが身支度を調えていると、部屋の扉が慌ただしく叩かれた。

「何だ」

「で、殿下に急ぎお知らせしたいことが……」

息を切らせたその声は、リーナの手紙について調べさせている文官のものだった。

もしや居場所がわかったのかとセルヒオは文官を迎え入れる。

転がるように室内に入ってきた文官は、よほど急いできたのか額に汗を滲ませ髪型も乱れていた。

「どうした。そんなに急いで何があったのだ」

「実は、あの手紙の封蝋についてわかったことがありまして」

「封蝋?」

あまり見かけない鮮やかな緋色《ひいろ》の蝋に押された紋章は見たことがないものだった。

手がかりはないと言っていたはずなのに、今更何がわかったというのか。

「実は、同僚に偶然あの封蝋を見られてしまい……もちろん宛先などは見られていません！　封蝋だけです！」

「そんなことはいい。封蝋を見たお前の同僚が何か知っていたのか!?」

「封蝋の紋章はある教会で使われているものだというのです」

「教会だと……？」

「国境付近の教会で、行き場のない女性や子どもを保護している場所なのだとか」

灯台もと暗しとはこのことかとセルヒオは目を見開く。

リーナに国外追放という処分を下していたが、明確に国境の外まで送り届けたという記録はない。

出国をする振りをして国境の教会で静かに暮らしていたのだとしたら、手紙が検閲を通過していないこともつじつまが合う。

「教会について調べたところ、ベルシュタ公爵家が定期的に寄附をしていることもわかりました」

「なるほどな」

ばらばらだったピースがひとつひとつはめこまれていく。

娘を国外追放したとみせかけ、公爵家がずっと匿っていたのだとしたら。

教会で使うにはあまりに高級な便箋やインクにも説明がつく。

「今すぐ人を送れ。そこで銀髪で青い瞳をした女を探せ。上品で美しい女だ」

「はい……その、見つけた場合はどうすれば？　捕らえるのでしょうか」

戸惑いきった文官にセルヒオは優雅に微笑みかける。

「まさか。彼女はいずれこの国を支える存在になる。丁重にもてなして、王都に連れ帰れ」

「はい！」

来た時と同じように慌ただしく駆け出していく文官を見送りながら、セルヒオはこみ上げてくる笑いをこらえるのに必死だった。

やはりあの夢は吉兆の知らせだったのだ。

あるものが正しい位置に戻るべき時がきた。

激しい高揚を感じながら、セルヒオは眩しいほどに輝いている窓の外に目をやったのだった。

＊＊＊

かつては王都の中心部にあるタウンハウスを本邸としていたベルシュタ公爵家だったが、今は郊外にある屋敷に移り住んでいた。

馬車でならば二刻はかかるが、馬を走らせれば一刻もかからない。

早朝に王都を出立したおかげで、林道に人気がなく快適だ。

蹄《ひづめ》が地面を蹴る音を聞きながら、マルクはこれまで集めた情報について思いを巡らせる。

（さて、どうやって公爵殿を説き伏せるか）

リーナの父であるベルシュタ公爵は、五年前の騒動までは政治の中枢にいた人物だ。

宰相にと望まれるも裏方に徹することを選び、ずっと実権を握り続けてきたという。

王太子《セルヒオ》と自分の娘《リーナ》を婚約させたのも、主権を握りつづけるためだと噂されていた。

自分の娘すら出世の道具として扱う公爵の冷徹な判断だと誰もが信じているし、マルクとてそう思っている。

婚約破棄騒動が起きた五年前、誰もが公爵の反乱を予想した。

事実、公爵家から正式な抗議はあったらしい。

リーナを正式に取り調べてもいない、一方的な断罪をしたと。

しかし、国王がセルヒオの意思を尊重するという判断を下したところで公爵はすぐに矛を収めてしまったのだ。

それどころか婚約破棄され追放となる娘など不要だとばかりに、リーナに関わろうとしなかったという。

(あれは拍子抜けだった。やはり公爵はリーナのことなど愛していないのか)

公爵の妻、リーナの母親はずいぶん前に病気で亡くなっている。

ひとり娘となったリーナは甘やかされていたと周囲は噂していたが、実際はそうではなかったことをマルクは知っていた。

厳しい妃教育に加え、公爵家令嬢としていつも正しい振る舞いをするようにと実家から指導され続けていたリーナ。

その周囲にはいつだって護衛や使用人が控え、彼女の行動を監視していた。

リーナには何ひとつ自由などなかったのだ。

「……ん?」

何かが琴線に触れる。

酷く大切なことを見逃しているような気がするのにそれがわからない。

じわりと心に広がった不安に、マルクはぎりと奥歯を噛みしめる。

(とにかく、今は公爵殿を味方につけるのが先決だ)

あの断罪劇の後公爵家は政治から離れ、登城もしていない。

国が推進する護岸工事では、公爵家が持つ領地が必要だというのに、交渉の席にすら着かないというのだ。

マルクはこれまで、公爵のその頑なな態度は自分の顔に泥を塗られたことに憤り、すべてが嫌になったからだとばかり思っていた。

(その行動がリーナのためだったとしたら)

予測が合っているならば、公爵はリーナに背を向ける振りをして支援していたに違いない。

それを悟られぬために表舞台から姿を消した。

愛からなのか、責任からなのか、打算なのかはわからないが、何かしら理由があるのだろう。

(手土産はある。きっと気に入ってもらえるはずだ)

公爵家が所有する屋敷は、郊外のさらに外れにあり周囲は静かな林に囲まれていた。

直接来たのははじめてということもあり、妙に高揚した気分だった。

ここにリーナが隠れ住んでいるのではないかと淡い期待がわき上がってしまい、マルクはどうしてもあたりを見回してしまう。

だが、巨大なたたずまいに反して屋敷には人気はない。

これで公爵が不在だったらどんな骨折り損だと考えながら、マルクは門扉に備えつけられた呼び鈴を鳴らした。

「こちらでお待ちください」

出迎えに出てきた使用人に名乗ったところ、特に理由も聞かれずマルクは応接間に案内されていた。

室内の調度品は落ち着いた装飾のものが多く、華美さは欠片《かけら》もない。

想像していた公爵の暮らしぶりとはあまりにかけ離れた、静かで落ち着いた光景に、マルクは戸惑っていた。

「待たせたな」

重厚な音を立て開いた扉から入室してきたのは、ベルシュタ公爵その人だった。

「……ご無沙汰しております公爵閣下」

深く腰を折ったマルクを一瞥《いちべつ》した公爵は、その横を通り過ぎると部屋の中央にあるひとりがけのソファに腰を下ろした。

顎で促され、マルクはその向かいのソファに静かに座る。

(相変わらず、とんでもない迫力だ)

公爵は最後に姿を見た五年前よりも老けたように思う。

しかしリーナによく似た美貌はまったく衰えておらず、対面しているだけで緊張が高まった。

氷のような視線に射すくめられ、マルクは喉を鳴らす。

「近衛騎士殿がこのような辺鄙《へんぴ》な場所まで何の用事かね」

ずんと身体が重たくなるような声音だった。

「実は、ご息女から手紙が届きました」

「ほお」

公爵は眉ひとつ動かさなかった。

じっとマルクを見つめたまま次の言葉を待っている。

ここに来るまではどうやって話を進めるべきか迷っていたが、公爵の態度から遠回しに水を向けても答えを引き出せないことを察する。

覚悟を決め、背筋を伸ばしたマルクは公爵の視線をまっすぐに受け止めた。

「独自に調べたところ、手紙は国内から出された可能性が高いことがわかっています。もしや、リーナ様は内密に帰国しているのではありませんか？」

「根拠は」

「あの便箋一式はかなり高級品でした。国外追放され、行く当てのない女性ひとりが自力で手に入れられるとは思えません」

「それだけか？」

「手紙に使われているインクを、公爵殿が買い求めたという情報があります。かなりの高級品です」

嘘だった。

公爵家ならば高級なインクを購入していてもおかしくはないだろう。

もし違っていたとしても勘違いだと誤魔化すつもりだった。

「ふむ。若造にしてはよく調べたではないか」

わずかに片眉を上げげた公爵の態度に、マルクは心の中で拳を握る。

どうやら賭けには勝ったらしい。

だが公爵が口にした言葉は、想定とは違ったものだった。

「しかし残念ながら、ここにはリーナはいない。とんだ無駄骨だったな」

「……！」

嘲りを含んだ公爵の言葉に、マルクはたじろぐ。

「着眼点は悪くない。手紙の素材や使われているインクについて探り当てるとは、さすがに王家の犬だ」

(手紙に驚いていない。やはり公爵はリーナの行動を把握している？)

「しかしそれだけで我が家にリーナがいると考えるのはずいぶんと短絡的だな」

「っ……ここにはいないのですか!?」

「残念ながら私の娘は五年前、お前の主によって国を追われたままだ」

「そんな！」

思わず立ち上がれば、公爵が軽く鼻を鳴らす。

「何を驚く。国外追放とはそういうものだ。近衛騎士ともあろう者が、そんなことも知らないのか」

「それはそうですが……」

公爵の目がマルクを睨みつける。

「そもそも手紙が届いたくらいで近衛であるお前が動く理由は何だ。なぜ今更、娘の行方を探る？」

マルクはぐっと喉を詰まらせる。

（落ち着け。ここで失敗すればすべてが台なしになる）

すう、と短く深呼吸したマルクは懐から一通の手紙を取り出した。

それを差し出された公爵は無言で受け取ると、中身を確認していく。

「それは、五年前にリーナ様の罪を告白した生徒たちを再調査した書面です。彼らは口を揃《そろ》えて『ベルシュタ公爵令嬢の所業を直接目にしたことはない。すべて誰かから伝え聞いた噂話だった』と証言しております」

「ほう」

「完全に調査は終わっていませんが、五年前の断罪は冤罪であった可能性があります。誰かがリーナ様への嫉妬や悪意から、悪評を流したのでしょう。リーナ様がこの国に戻りたがっている今こそ、当時の汚名をそそぎ、国に戻れるようにするべきかと」

セルヒオがリーナを探していることを知ったマルクは、居場所に駆けつけふたりきりの生活を送るという夢を諦めた。

代わりに公爵に恩を売り、帰国を果たしたリーナとの婚約を望もうと考えたのだ。

「……この情報はいつから？」

「恐れながら、リーナ様が追放された時から秘かに集めていました」

苦渋を滲ませた表情を作り、マルクは公爵に訴える。

「リーナ様は本当に素晴らしい女性でした。決して他人を貶めるような御方ではなかった。俺はずっと殿下の決断に疑問を持っていたのです」

「………」

「しかし明確な証拠がない以上、ただの護衛騎士でしかない俺には発言権などなかった。できたのは、処分を下されたリーナ様を匿うことだけでした」

「そういえば、お前はリーナを一時的にだが保護してくれたようだったな」

「はい！　殿下の意志をねじ曲げて受け止め、リーナ様に危害を加える者がいてはいけないと思ったので」

「なるほどな」

公爵はマルクが集めた書類を机に置くと、ゆっくりと足を組んだ。

「ええ。ですから、どうか俺に命じてください。そしてリーナ様を……」

「お前は何か勘違いしているようだな。我が家がこの五年間、何もせず手をこまねいていたと本気で思っているのか」

公爵はおもむろに立ち上がる。

マルクを見下ろす瞳には、何の感情も宿っていない。

「何、を……」

「学園時代。リーナの傍には絶えず我が家の使用人や護衛が付いていた。もし、件の告発通りの行いをしていたのならば彼らが見逃しはしないだろう。だが、そんな事実はなかった。これは五年前の卒業パーティーの時点でわかっていた事実だ」

「……！」

ここに来る途中に抱いた違和感の正体に、マルクは目を見開く。

あの頃、リーナを見ていたのはマルクだけではない。

公爵も使用人を通してリーナの行動を把握していたのだ。

「なっ、ならばなぜ……」

「なぜ反論しなかったのか、か？」

がくがくと頷くマルクに、公爵が冷笑を浮かべる。

「どうして私がそんなことをする必要がある。あれは、周囲の思惑に流され、よくできた物語を信じるような俗物から娘を取り戻せるいい機会だった」

返事をすることができなかった。

公爵が発している言葉を理解することを脳が拒んでいる。

「元々、あの婚約は王家からの要望だったのだ。リーナを未来の王妃にしたいという願いを、王太子殿下は軽々と踏みにじったわけだ」

わなく顎のせいでまともに喋《しゃべ》れない。

マルクは語り続ける公爵を呆然《ぼうぜん》と見つめる。

「さすがに国外追放はやりすぎだと抗議はしたが、王族が発言を撤回するなどあってはならないことだと説得されてな。陛下からは内々に謝罪を受けた」

「そんな、まさか」

ようやく発せられた声は掠《かす》れきっていた。

公爵はマルクをひたと見つめ、口の端を吊り上げる。

「我々は貴族だ。主である国王陛下の意思に逆らうことなど許されない。彼らが黒と言えば白でも黒になる。ただそれだけだ」

は、と吐息で笑いながら公爵が足を組み直す。

「だが感情は別物だ。だから私は表舞台から去った」

「……っ！　ならば、ならばどうして教えてくださらなかったのですか。これまで必死で彼女のために証拠を集めていた俺は、道化ではありませんか」

もっと早くその事実を知っていれば、この五年を無駄にせずに済んだのに。

憤りにも似た気持ちのままにマルクは叫ぶ。

「道化だと？　思い上がるな。お前はそれ以下だ」

「は……？」

「先ほどの言葉が本当なら、お前はあの断罪劇の時点でリーナの無罪を知っていたことになる。どうして助けなかった？　なぜ主の暴挙を止めなかった？　娘が一方的に罵られているのを指をくわえて見ていただけのお前に、どうして私が情報を渡さなければならない」

汚物を見るような公爵の視線。

紡がれる言葉に滲んだあからさまな憎しみに、呼吸が止まる。

「ちが……違うのです」

「何が違う。すべて事実であろう」

立ち上がった公爵はマルクを見下ろしたまま、口元を歪めた。

「お前の魂胆はわかっている。あえてリーナが落ちぶれるのを待っていたんだろう。卑怯極まりない男だ」

「そんなっ……閣下、俺は」

喘ぐように絞り出した声はみっともなく震えていた。

まさかすべて気がつかれていたなんて想像すらしなかった。

世界からどんどん色が消えていく。

あと少しで手に入ると思っていたリーナの姿が、遠のいていく。

「俺はリーナ様の幸せのために……お願いです、リーナ様に会わせてください！」

リーナならわかってくれるはずだ。

あの状況で、マルクがセルヒオに逆らうわけにはいかなかったことを。

だからこそ内密に助け、この先の人生を捧げるつもりだったのだと。

「残念だが、それは無理だ」

「なぜですか」

「リーナ・ベルシュタという娘はこの世界のもうどこにもいないのだから」

マルクの世界にひびが入る音が響いた。

「今、何と？」

「言葉通りの意味だ。お前たちのせいで、私の娘は、二度とこの手に返ってはこない」

「……そん、な、嘘です……嘘です!!」

リーナがこの世にいない。

その意味を頭が理解することを拒んでいた。

「嘘ではない」

「ではこの手紙は何なのですか!?　これは、リーナ様の筆跡だ。俺が間違えるわけがない！」

「……国を出立する前に書いたものだろうな。あの子のことだ。お前たちを案じて、いずれ届くようにと手配していたのかもしれぬ」

「そんな……馬鹿な……はっ……！」

手紙を調べさせた文具店の店主の言葉を思い出す。

――このインクは十年経っても色が変わらぬまま――

がたがたと全身が震える。

もしそうなら、これはリーナの遺言に等しい。

優しい彼女は最後まで誰かの幸せを願っていたことになる。

「嘘です。嘘に決まっています」

「信じないというのならば、国境の近くにある教会を訪ねてみろ」

「そこに何が、あるというのですか」

「行けばわかる」

そこに何が待っているのか考えることすら恐ろしい。

マルクの頭の中に浮かんだひとつの想像が、事実だったとしたら。

世界から光が失われていくような錯覚に襲われる。

「閣下、お願いですから嘘だと言ってください。お願いします、でなければ、俺は」

「黙れ。これ以上、話すことなどない」

公爵が手を叩けば、屈強な男たちが入室してきた。

「何を……離せ!!」

男たちはマルクを取り囲む。

ソファにしがみついて抵抗を試みようとするが、あっという間に捕らえられ引きずられるようにして外へ連れ出されてしまう。

「閣下！」

どんなに声をあげても、公爵はマルクに振り返ることはなかった。

外に追い出されるのと同時に、門扉がきっちりと閉じられ施錠される音が響いた。

すがる気力すら残されていなかったマルクは、ただ呆然と格子の向こうを見つめていたのだった。

＊＊＊

ルーシュをともない、ミレイアは王都の外れにある薬屋を訪れていた。

ずいぶんと静かな場所にあり、周囲には人気もない。

店先には『営業中』と書かれた小さな看板がかけられているだけで、何の店か知らなければ近寄りもしないだろう。

「本当にここなの？」

「はい。知る人ぞ知る名店なのですよ」

自信ありげに頷くルーシュにうながされ、ミレイアは店に足を踏み入れた。

灯りの少ない店内は薬草のにおいが充満していた。

うずたかく積み上げられたさまざまな本や見たこともない素材は圧巻で、驚きを好奇心が凌駕《りょうが》する。

「すごい」

少女のように頬を高揚させ店内を見回していると、店の奥からひとりの老婆が姿をあらわした。

深い色味のローブに身を包んだ姿は、まるで物語に出てくる魔女のようだ。

くすんだ黄色の瞳がじろりとミレイアを射すくめる。

「客かい」

「は、はい。あなたが薬師様ですか？」

「そうだよ」

薬師が女性だったことに、ミレイアはほっと胸を撫で下ろす。

さすがに男性に相談するのは気が引ける内容だからだ。

「すみません、実は折り入ってご依頼があります」

ミレイアは薬師に近づくと、懐から金貨の詰まった袋を取り出した。

カウンターの上に置かれたそれはがしゃりと重たい音を立てる。

「……これは何だい」

「代金です」

「まだ注文を聞いてもいないんだがね。こんな大金で、何を作らせようというのかい」

探るような薬師の視線に、ミレイアはゴクリと喉を鳴らした。

身体が小刻みに震えている。

それは殺そうとしている良心の悲鳴のようだった。

だが、ミレイアには他に選択肢はないのだ。

視線でルーシュを下がらせ、薬師に向かって声をひそめる。

「ある男性の子が欲しいのです。どうしても」

「……ほお」

薬師の瞳が怪しく輝く。

「その男は、あんたのもんなのかい」

「……ええ」

今はまだ、と言う言葉は呑み込んだ。

もしこの企みが露見すれば、ミレイアはすべてを失うだろう。

「私は私の立場を守るために子が欲しいのです」

どのみち、もう後はないのだ。

やるかやらないか。

それしかない。

「私の願いを叶えてください」

ミレイアの声はもう震えてはいなかった。

＊＊＊

机の上に積み上げられた調査書の内容に、ナタリーは身体を震わせていた。

レッドの店でバートンの噂を知ったナタリーは、探偵を雇いバートンの動向を探らせたのだ。

「そんな。こんなことって」

届けられた調査書によれば、グラッセ家はある取り引きで莫大な損害を出し、その穴埋めのためにどんどん資産を手放している最中だという。

バートンは結婚式さえ終わってしまえばナタリーの生家に寄生できると周囲に自慢しているらしい。

情報が出回らないのはグラッセ家の債権者たちが、急に落ちぶれて周囲が金を貸さなくなるのを恐れて隠蔽工作をしているからだった。

「何で！　何でなのよ!!」

調査書を引き破きながらナタリーは悲鳴じみた叫び声をあげた。

誰よりも恵まれて幸せになれるはずだったのに。

金と愛を惜しみなく注いでくれる男にかしずかれ、人生を謳歌したいだけだ。

決して高望みではない。

伯爵令嬢という地位と、この美しい見た目に見合った生き方だ。

なのに、それがすべて台なしになる。

「ありえない。ありえないわ。どうして私が」

美しく整えた髪を振り乱し、床を踏みならす。

一番になれたはずだった。

リーナがいなくなった後、社交界で最も価値ある花になれたのに。

もしこのままバートンと結婚したら、ナタリーはハズレを引いた間抜けな令嬢だと笑いものになるだろう。

面白おかしく噂され、話題の的になる。

夜会に参加すれば遠巻きに笑われ、お誘いだって減っていく。

何より、贅沢が何ひとつできなくなってしまう。

「嫌よ。そんなの絶対に嫌！」

お金がないのならばバートンと結婚する意味などない。

ただ甘い言葉を吐いてくるだけの男など、ナタリーの人生には不要だ。

「そうよ。いらないわ。捨ててやればいいのよ」

ぱん、と両手を合わせナタリーは瞳を輝かせる。

「私をもっと愛してくれて、贅沢をさせてくれる男性を見つければいいんだわ。バートンが全部悪いのよ。私に嘘をついていたから」

ずっと大切にしてくれるって約束したのに。

裏切られた憤りと怒りに突き動かされるようにして、ナタリーは婚約時に交わした証文を取り出す。

ナタリーとバートンの婚約は家の格がほぼ同じということもあり、持参金や祝い金の類いは特に用意されなかった。

その代わり、婚約解消や離婚時には、有責者が違約金を払うという取り決めになっている。

バートンはこれを払えないから、言い出せなかったに違いない。

「いいわ、バートン。手切れ金くらい払ってあげる」

安い額ではないが、実家に頼み込めば用意してもらえるだろう。

その後でそれを補填してくれるような男性を見つければいい。

（バートンと同じかそれ以上にお金持ちで、私を愛してくれる人）

思い浮かぶのはレッドの顔だ。

何かあれば遠慮なく頼って欲しいと言ってくれたレッド。

（レッドは私のことを好きなはず。だからあんなに優しくしてくれたのよ）

自分を見つめる甘い瞳は間違いなく恋する男の目だ。

無事に婚約を解消すれば、きっとレッドはナタリーを受け入れてくれるはず。

真っ白な便箋を取り出したナタリーはレッドに向けて手紙を書きはじめた。

――愛しい人。私はもうすぐ自由になります。どうか、私を連れて逃げてください――

名前も宛先もない手紙。

だがきっとレッドならば気がついてくれるだろう。

使用人たちはバートンの味方だろうからと、ナタリーはこっそりと部屋を抜け出すと馬小屋へと向かう。

すす汚れた服を着て掃除をしている馬丁がそこにいた。

「ねえ」

「ひえっ……！　あ、あ、おじょう、さま」

つっかえながら応える馬丁はびくびくと身体をすくめながら頭を下げてくる。

年齢はナタリーよりひとまわり年上の馬丁は、馬の世話以外できないからと馬小屋で寝泊まりしていた。

生まれつき言葉があまり得意ではないせいで、他の使用人たちからは遠巻きにされている。

ナタリーのことは『奥様』と呼ぶようにと何度躾《しつ》けても直らない。

「お前、この手紙をメンダシウム商会まで届けてくれない？」

「め、めんだしうむ、しょうかい、ですか」

「ええ。決して名乗ってはいけないわ。レッド様宛だといって受付に渡すの。わかったわね」

「は、は、はい」

頷くばかりの馬丁の態度に不安はあったが、秘密裏に手紙を届ける手段は他にない。

「これはお駄賃よ。お菓子でも買いなさい」

そう言ってナタリーは馬丁に銀貨と手紙を握らせた。

馬丁はそれを宝物のように抱きしめると、返事なのか短いうなり声をあげて屋敷の裏口へと駆け出していく。

（ふう。これでいいわ。後は……）

離婚に必要な書類を完全に揃えなければならない。

万が一バートンにごねられ婚約破棄ができなくなってしまえば、ナタリーは破滅だ。

（絶対に幸せになってやるの）

誰にも邪魔はさせない。

今度こそは恋を叶え、欲しいものを全部手に入れてみせる。

そう決意を固めながら、ナタリーは赤く塗った唇で弧を描いた。

＊＊＊

馬が悲鳴じみた鳴き声をあげる。

公爵家の屋敷を出て、もう半日以上休ませずに走らせているせいだろう。

だが休むわけにはいかなかった。

一刻も早く。ほんの短い時間だって無駄にはできない。

（たのむ、リーナ。無事でいてくれ）

舌を噛まぬように噛みしめた奥歯が、かちかちと音を立てていた。

声をあげられないことが、マルクには救いのように思えた。

もし叫べたなら、みっともなく叫んでいたかもしれないから。

馬を倒れる寸前まで走らせ、日暮れ過ぎに目的の村に辿り着いた。

疲れすぎて気が立っている馬から飛び降りるようにして地面に降り立ったマルクは、よろめく足を必死に動かし教会を探す。

いくつかの家は建ち並んでいるが、どの家にも灯りはなく人気はない。

粗末な家が建ち並ぶ舗装されていない路地を、土埃《つちぼこり》を立てながら走る。

おおよそ人が暮らしているとは思えないほどの荒れ方だった。

本当にこんなところにリーナの手がかりがあるというのだろうか。

騙《だま》されたのかもしれないと疑いながらもマルクは歩き続ける。

額から滲んだ汗が目に入りじくじくと痛んだが、足を止めることはできなかった。

「あった……」

村の外れから見える丘の上に、その教会は建っていた。

灰色の外壁は、教会というより要塞めいていた。

既に閉じられた門にしがみつくようにしてマルクは声を張りあげた。

「誰か！　誰かいないだろうか!!」

　すると建物から、怯えを滲ませた表情を浮かべた高齢のシスターが顔をのぞかせた。

「このような時間に申し訳ない！　王都からの使いだ！　どうか、どうか話を聞かせて欲しい」

　藁にもすがるような思いで叫ぶマルクに、シスターは困惑しつつもゆっくりと近づいてくる。

「何ごとでしょうか。ここには無力な女子どもしかおりませぬが……」

　明らかに不審そうなシスターに、マルクは懐《ふところ》から王家の紋章を取り出した。

　近衛騎士という立場は、国内であればたとえ田舎であっても役に立つらしい。

　疑いを孕んでいたシスターの表情が一気に変わる。

「まあ……王家の所以のかたが、なぜ……？」

「ここに『リーナ』という娘はいないだろうか。白銀の髪に青い瞳をした美しい人だ」

「……！」

　シスターの表情が驚愕に染まる。

　その態度に、マルクは確信を得た。

「いるのだな。ここにリーナがいるのだな!!」

　握りしめた古びた門がマルクの揺さぶりによって軋《きし》んだ音を立てた。

　その迫力に怯えたのか、シスターが後退《あとずさ》る。

「あなた様は、一体どなたです。リーナお嬢様にどのような……」

「会わせてくれ。頼む、リーナに会わせてくれ！」

ずっと探していた、唯一の存在なのだ。

諦めきれるわけがない。

「……あ……」

だがシスターの表情には哀しみが滲んでいた。

それは誰かを悼む時にする表情だ。

無言のまま、シスターが門を開けた。

マルクは言葉を発せられないまま、その場に立ち尽くす。

「どうぞ。聖堂はこちらです」

シスターが指し示したのは、先ほど彼女が出てきた建物ではなかった。

灯りの灯っていない聖堂は月光に照らされており、荘厳な空気に包まれている。

心臓は嫌な音を立てた。

静まりかえった聖堂の中には、いくつかの椅子と祭壇があるだけ。

手入れが行き届いて清潔ではあるが、あまりにも質素だ。

「こちらでお待ちください」

奥へと消えていくシスターを見送ったマルクは、粗末な木の椅子に座ると、祭壇の上で静かに微笑む神像を見上げる。

まるで微笑んでいるようなその表情はどこかリーナに似ている気がした。

（神よ。俺にリーナを返してください。俺はずっと彼女を愛していたんです。どうか）

一心に祈っていたマルクは、シスターが戻ってきた音に我に返る。

「シスター、リーナは!?」

「……これを」

シスターが何かを差し出す。

手のひらにのった小さなそれが、月光に浮かび上がる。

「そんな……嘘だ……そんな」

ひゅう、と喉の奥から憐れっぽい音がこぼれる。

長く艶やかな銀色の髪がそこにはあった。

青いリボンでむすばれた一房は、まるでまだ生きているかのように輝いていた。

「これ、は……」

「リーナ様の形見です。もし誰かが訪ねてくることがあれば、これを渡して欲しいと」

「そんな。嘘だ、嘘だ……どこだ！　リーナはどこにいるんだ!!　俺は騙されない、騙されないぞ!!」

シスターの手から髪を奪い取る。

ふわりと鼻腔をくすぐった香りは、間違いなくリーナが愛用していた香水だ。

信じたくないのに、勝手に涙が滲む。

「落ち着いてください。そんなに興奮なさると、お身体に障りますよ」

「うるさい！　リーナはどこだと聞いている！」

「ひっ！」

マルクの恫喝《どうかつ》にシスターが悲鳴をあげる。

その視線が助けを求めるように聖堂の奥へと向かったのをマルクは見逃さなかった。

「どけっ！」

突き飛ばされ悲鳴をあげながらシスターが床に倒れ込んだ。

それを無視してマルクは駆け出す。

聖堂の奥は細い通路になっており、突き当たりにはドアがひとつだけしかない。

「リーナ!!」

掠れた声で叫びながらマルクは扉を開けた。

「！」

そこに広がっていたのは、広い丘だった。

点々と小さな石碑が等間隔に並んでいる。

それが何を意味するのか。

呼吸の仕方を忘れたようにはくはくと口を動かす。

よろよろと丘を進んだマルクは、真っ白な百合に目を留める。

他のものとは明らかに違う手入れの行き届いた石碑を囲うように咲いた、白百合。

「リーナ……？」

それはリーナが一番好きだった花だ。

石碑に近づけば、そこにはひとり分の名前が刻まれていた。

――リーナ・ベルシュタ――

「あ……あ、あああああ……！！」

喉から勝手にこぼれた叫びに、マルクは己の耳を塞いだ。

うるさいやめろと言いたいのに、意味を成さない叫び声しか出せない。

地面に膝を突き、そのまま身体を丸め、マルクは慟哭《どうこく》する。

「リーナ、リーナ、リーナァ!!」

手に入れるはずだった。

ふたりきりの世界を得るはずだったのに。

最愛を失ったことを知ったマルクは、悲痛な叫びをあげ続けた。

＊＊＊

ていた。


「別れて欲しいの」

「……今、何と言ったんだい？」

「言葉通りよバートン。私、嘘つきってキライなの」

帰宅したバートンを、ナタリーはいつもの派手なドレスから着替えもせずに出迎えていた。

その姿にバートンは一瞬だけ眉をしかめたものの、すぐに微笑み、抱擁をねだって手を広げた。

だがナタリーはそれを拒むと、一通の書類を突きつける。

それは婚約解消の書類だった。

「一体どうしたんだ。もうすぐ結婚式なんだぞ？」

「どうしたもこうしたもないわ。あなた、私に隠しごとがあるでしょう」

憎しみを込めて睨みつければ、バートンはわけがわからないと首を振る。

「何のことだナタリー。僕は君に何の隠しごともしていない」

どこまでもしらを切るつもりなのねとナタリーはバートンを睨みつけた。

相手はこれまで巧妙に財政難を隠してきたのだから、少々揺さぶったくらいでボロを出すわけがないだろう。

調査を進める中で使用人たちにもそれとなく伯爵家の懐事情を聞いてみたが、彼らはみんな安定した財政状況を信じ切っていた。

知っているのは、仕事で関わっている人間のごく一部。

あの場所で偶然噂を耳にしなければ、きっと結婚するまでナタリーだって気がつかなかっただろう。

（本当に卑怯な男。表では私を愛していると言っておきながら、いずれは利用するつもりだったなんて）

結局はナタリーの見た目と伯爵令嬢という立場だけで選んだのだろう。

（馬鹿にしないで。私はアクセサリーじゃないのよ）

何のためにこの美しさを磨いてきたと思っているのか。

「私、この美しさを無駄に浪費する気はないの。わかっている？」

「もちろんだとも。だから僕は君に惜しみない愛を注いできた。これまでだって君の望みをずっと叶えてきただろう？」

「そうね。それは感謝してるわ」

求婚から今日に至るまで、バートンはずっとナタリーに尽くしてくれた。

欲しいものや食べたいもの。

ありとあらゆる贅沢を味わわせてくれたことは事実だ。

しかし、それが永遠に続かないのならば何の意味もない。

「私、考えを改めたの。もっと情熱的に愛してくれる人の方が相応しいってね」

(そう、レッドのように)

ナタリーは、今朝早くに馬丁から届けられた手紙の文面を思い出していた。

——あなたにはじめて会った日からずっと恋い焦がれていました。同じ気持ちでいてくれたことが本当に嬉しい。必ず幸せにします——

全身が熱を持ち、心臓が高鳴った。

こんなときめきは、人生ではじめてだった。

やはり、バートンはナタリーの運命ではなかったのだ。

本当の運命はレッドその人。

(待っていてレッド。すべて片づけて駆けつけるから)

あれほどの大きな商会で働くレッドならば、バートンが与えてくれていたもの以上の生活をナタリーに味わわせてくれるだろう。

むしろ、この狭い国に留まらず異国の景色を見せてくれるに違いない。

(ううん。もし今より暮らしぶりが落ちたっていいわ)

愛とはこんなにも素晴らしいものなのか、とナタリーは瞳を輝かせる。

百万の金貨よりもレッドからの愛には価値があると知ってしまった。

「僕ほどに君を愛している男が他にいるというのか!?」

ナタリーの言葉に顔色を変えたバートンが、すがるように近づいてくる。

それを避けるように後退りながら、ナタリーは思い切り顔をしかめた。

「あなたの愛を信じられなくなったのよ」

「どうしてだ！　僕を捨てる？　本気なのか⁉　何を考えているんだナタリー！」

「ご自身の胸に手を当てて考えてごらんなさいよ」

（本当に白々しい）

わずかに残っていたバートンへの情がどんどん冷めていくのがわかった。

本当はお金なんてないくせに。

一生の贅沢を約束すると言ったくせに。

私を誰よりも幸せな女にできないくせに。

「だから、何故なんだ……！　わけがわからない！」

とうとうバートンは髪をかき乱しながらその場にうずくまってしまった。

唸るような声を上げ、肩をふるわせている。

もくろみが外れて絶望するのは勝手だが、ナタリーの人生は決して壊させない。

「私は今日でこの屋敷を出ます。いただいたものは餞別《せんべつ》代わりに置いていきますね」

（まあ嘘だけれど）

かさばるドレスはもっていけないが、価値のある宝石の類いは馬丁に託してレッドの元に運ばせている。

これまでねだられるままに買い物をしてきたバートンは、ナタリーが何を持っていてどう保管しているかなど知るはずがない。

多少持ち出したところで、ばれはしない。

バートンに支払う婚約解消の違約金の足しになるだろう。

「ナタリー！　待ってくれ」

悲鳴じみた声で叫ぶバートンを振り切ってナタリーは屋敷の玄関に手をかけた。

「とっても楽しかったわ。ありがとう」

「待て！　待つんだ！　こんな一方的なことが許されると思っているのか！」

叫ぶ声音が一気に怒りに染まる。

深い愛と慈しみに満ちていた瞳には、今や憎しみすら宿っているように見えた。

髪を振り乱し涙を流す顔は、とても醜く憐れだった。

（ああ、とうとう本性を現したのね）

これまでの顔はすべて偽りだったのだと最後にわかってよかった。

もしバートンが何の罪もない男だったなら、ナタリーはただの悪女だ。

「絶対に許さない。君がやったことの報いを必ず受けさせるぞ！」

「ふふ、お好きなように」

バートンがナタリーへの攻撃をしたところで、その時はグラッセ伯爵家の財政難を世間に暴露してしまえばいいだけだ。

沈みかけている船から逃げ出したい人間は沢山いるだろう。

きっとナタリーへの復讐《ふくしゅう》どころではなくなるに違いない。

それに、たとえバートンが何かしようとしてもレッドが守ってくれる。

もしかしたら明日にはこの国から旅立っているかもしれない。

「さようならバートン」

艶然とした笑みを浮かべながら、バートンへと手を振る。

もう二度と会うこともないだろう。

耳障りな嗚咽《おえつ》を背中に受けながら、ナタリーは外の世界へと飛び出したのだった。

＊＊＊

「では、フェリクスは自分の出自を知るまでは傭兵《ようへい》として生計を立てていたのか」

「それなりに楽しい暮らしでしたよ」

朗らかな笑顔を浮かべ過去を語るフェリクスに、セルヒオは大きく頷きながら相づちを打っていた。

二国間の協議はずいぶんと進み、明日には護岸工事を実施するという条約の調印式が執り行われることになった。

白の大広間に国内の有力貴族や商人たちを集め、コロムの発展を祝う祝賀会を同時に行う予定だった。

まだ大小の相談事はあるが、実施するという意思を表明するひとつの大きな区切りになるだろう。

国内外にセルヒオの有能さを証明することができる。

(あとは公爵さえ頷いてくれれば)

公爵家が領地を大人しく差し出してさえくれれば、成功したも同然だろう。

セルヒオは内密に公爵へと手紙を出していた。

――リーナの処分取り消しを検討している。ぜひ、交渉の机についてて欲しい――

公爵家とて、このまま日陰の身に甘んじていることは望んでいないはずだ。

リーナの国外追放処分を撤回すると同時に、公爵に宰相の座を用意したと提案すれば、きっと頑なな態度を改めてくれるはずだ。

誰も損をしない。

全員にとって最良の道が用意されたことになる。

「皇帝陛下はよく君を見つけたな」

「俺は母にとても似ているらしく、陛下はすぐにわかったと言っていました」

「運命的だな」

「……そうですね。本当に、人生とは奇妙なものです」

過去を懐かしむように目を細めるフェリクスの表情には、何ともいえない色気があった。

同性だというのに何だかいたたまれなくなって、セルヒオは慌てて視線を逸らす。

「そういえば、王太子妃殿も生まれは市井だったのだろう？　話ができるのを楽しみしていたのだが、まだ体調がすぐれないだろうか」

「……ああ」

ミレイアの話題を持ち出され、つい眉間に皺を寄せてしまった。

あれから既に二日が経ったがミレイアからは、特に連絡はない。

これまで甘やかしすぎた反動だろう。

すぐに謝罪をしてこない幼稚さに、苛立ちを抑えきれない。

（まあいい。あれも思えばかわいそうな娘だったのだ）

これまで上がってきた報告から想像するに、ミレイアはさまざまな思惑に巻き込まれて被害者という立場に甘んじることになったのだろう。

リーナからの虐めについても、教師たちへの態度同様に恐怖と自己肯定感の低さからくる被害妄想だった可能性がある。

（私はいずれ王となる身。寛大であるべきなのだ）

決してミレイアへの愛情が枯渇したわけではない。

一生を共にするという結婚の約束を違えなどしないつもりだ。

ただ、セルヒオは気がついただけなのだ。

ミレイアは王太子妃の器ではなかったということを。

（ずいぶんと無理をさせた。これからは静かに私の傍で生きていけばいい）

先日の振る舞いも、セルヒオに愛されたいが故だったと思えば愛おしくもある。

（すぐには無理だが、側妃になったリーナが後継を無事に産んだ後なら、ミレイアとの間に子をもうけるのも悪くないな）

継承権の外で、静かに育てることもできるだろう。

「どうしました？」

「ああ、失礼。妃が心配で……」

（しまった）

一瞬のことではあったが目の前にフェリクスがいたことを忘れていた。

誤魔化すようにセルヒオはわざと明るい声をあげる。

「フェリクス殿の奥方は、どのような女性なのだ？　帝国貴族として育ったのならば、きっと上品で美しい方なのだろう」

「そうですね。妻は私と違い、生まれながらに一流の教育を施されてきました。ずいぶんと助けられています」

妻を思うフェリクスの顔は、幸せに満ちている。

「お会いしたいものだ。入国しているのならば、ぜひ食事でも一緒にどうだろうか」

これから長い付き合いになる相手だ、親しくなっておくにこしたことはない。

それはフェリクスとて同じだろう。

家族ぐるみで付き合えば、ミレイアも影響され態度を改めてくれるかもしれない。

きっと頷いてくれると信じていたセルヒオだが、予想に反してフェリクスは首を横に振った。

「申し訳ない。できれば俺もそうしたいと願っていたのだが……」

「何か不都合が？」

「実は、妻は今少し体調を崩しておりまして」

「それは心配だ。もしや、旅の疲れが……？」

この国に来たことが原因で体調を崩し、もしものことがあれば国際問題になりかねない。

医師を派遣すべきかとセルヒオが思索しかけたその時、フェリクスが思わぬことを口にした。

「いえ、そうではなく。実は、懐妊していることがわかったのです」

「……！　それは、なんとめでたい！」

「入国してすぐに判明しました。幸運にもこちらの水があっていたのか、食事は問題がないのですがやはり少々不安定な時期なので」

「それはそうでしょう。いや、気遣いが足りず申し訳ない」

自分のことではないのにもかかわらず、セルヒオまでも気分が高揚していた。

（そうか。彼は伴侶に加え、後継まで得たのか）

目指すべき理想の形がそこにある。

なんと羨ましいことか。

「何か必要なものがあれば言ってくれ。届けさせよう。奥方も異国の地では何かと不安だろう」

「感謝する」

フェリクスの表情には、自信と愛情が満ちていた。

よき夫であり、これからはよき父となる男の顔にセルヒオは憧憬の念を抱く。

（私も早くそこに行きたい）

自分を支えてくれる賢く献身的な妻と、後継者。

今のセルヒオにはないものだ。

（リーナ。君ならば、私の願いを叶えてくれるはずだ）

昨日、辺境へと向かわせた使者は早ければ今日には帰ってくるはずだ。

輝かしい未来への知らせが待ち遠しくて仕方がない。

「奥方も心細いでしょうし、今日はもうお開きにしよう。明日にそなえて、今日はゆっくりと過ごしてください」

「それはありがたい」

お互いに立ち上がりながら、固く握手を交わす。

そこでふと、セルヒオはあることを思い出した。

「滞在先での不便はないだろうか。やはり、人手を貸すべきだろうか」

国賓であるフェリクスには迎賓館か城の離宮を貸し出す予定だったのだったが、コロムの街並みを楽しみたいという申し出から、王都のはずれにある王家の別荘をまるごと使ってもらっている。

使用人もすべて自国から連れてきたという徹底ぶりに少し驚いたくらいだ。

国としての体裁もあるので、ある程度のもてなしをしておきたいのが本音ではある。

「快適ですよ。気遣いは嬉しいのが、妻の身体のこともあるので今のままで十分です」

「そうか。ならいいが」

はじめての妊娠ともなれば落ち着かなくて当然だろう。

無理を通して、せっかくのよい関係が崩れることは避けるべきだとセルヒオは言葉を呑み込む。

「それでは、明日」

「ええ」

帰っていくフェリクスを見送ったセルヒオは、早足で執務室に戻った。

公爵からの手紙が先か、リーナ発見の知らせが先か。

はやる気持ちが抑えきれなかった。

なのに。


「――今、何と言った」

自分の声すら、どこか他人事のように思えた。

執務室に戻ったセルヒオを待っていたのは公爵からの手紙だった。

明日の調印式には登城するという返事に、心が沸き立つ。

すべてが上手くいく予感に心を躍らせていたセルヒオだったが、その数分後に青い顔をして駆け込んできた文官の姿に身体を強ばらせた。

文官は奇妙な呻《うめ》き声をあげ、床に膝を揃えうずくまった。

唯一、両手だけがセルヒオに向かって差し出されている。

その中央には、青いリボンがまかれた何かが載せられていた。

セルヒオはそれから目が離せないでいる。

「リーナ・ベルシュタという女性は、確かに教会にいたそうです」

掠れきった声で文官は言葉を紡ぐ。

「ですが、彼女は四年前に病で命を落としていました。これは訪ねてくる人があれば渡して欲しいと彼女が望んで託していた、遺髪です」

遺髪。

その言葉の意味がわからなくなる。

文官の手のひらに載った美しい銀髪は、まるで生きているかのように艶やかだ。

「病だと……!?」

思わず声が大きくなる。

文官の身体が小刻みに震えていた。

「田舎町であったため、薬も医者も足りず適切な治療ができなかったそうです」

「そんな……」

全身から力が抜ける。

その場に立っていることすらできず、セルヒオはずるずると床に座り込んだ。

（リーナが、死んでいた……？）
ならばあの手紙は何なのだろう。
一体誰が、どんな目的で送ってきたのか。
底知れぬ恐怖と不気味さで、汗が噴き出す。
視線をさまよわせれば、青いリボンでまとめられた銀髪が目に入った。
「………」
そっと指先で触れたそれは柔らかく、懐かしい香りがした。
──セルヒオ様。
どこまでも柔らかな声音が耳の奥でこだまする。
──一緒にこの国を守って行きましょうね。
目の奥が酷く痛い。
呼吸がまともにできなくなっていく。
「リーナ」
まともな音にならなかったその声は、静かに虚空に消えていった。

＊＊＊

セルヒオが倒れた。

その知らせはすぐさま離宮に届けられた。

薬屋で仕入れた薬を使うか使わざるべきかをずっと迷っていたミレイアは、その知らせに驚き自分を責めた。

「そんな！」

(私がよからぬことを考えてしまったから、罰が当たったのでは)

自分のせいではないとわかっていたが、傍にいなかったのは事実だ。

それに、もしこのままセルヒオに何かあれば、ミレイアは間違いなくこの城を追い出されるだろう。

「城に戻ります」

ルーシュにそう告げ、すぐさま身支度を調えたミレイアは、夕闇に紛れて城へと戻ってきた。

久しぶりの城内の空気はどこか荒れていて、皆慌ただしく動き回っていた。

ミレイアのことなど誰も気にしない。

その状況に、自分の評価は何も変わっていないのだと知らされミレイアは一瞬だけ落ち込んだが、今はそれどころではない。

セルヒオは夫婦の寝室に運ばれているらしい。

慣れ親しんだ廊下を進み部屋の前まで来れば、何人かのメイドと護衛の騎士が扉の前に控えていた。

「セルヒオ様の容態は？」

声をかければ、彼らは揃ってぎょっと目を見開いた。

病気療養で離宮に籠もっている王太子妃が何を今更とあからさまに顔に書いてある。

「王太子妃殿下。お戻りになったのですね」

「セルヒオ様が倒れたと聞いて、来ないわけがないではないですか」

何を当たり前のことをと憤りながら返事をするが、彼らの表情は曖昧なままだ。

これまでさんざんに迷惑をかけてきたのだから当然の反応だろう。

「お願い。何があったのか教えてちょうだい」

怯《ひる》みそうになる気持ちを必死に奮い立たせ、ミレイアは言いつのる。

護衛の兵士たちは困ったように目配せすると、代表らしい壮年の騎士が一歩前へと出てきた。

「隣国の皇太子殿下との会合を終えられた後、急に倒れられたのです」

「原因は？」

「まだわかりません……医師の判断では、疲労ではないかと」

「そう……」

二国間協議のためにずっと忙しくしていたのは知っていたが、まさか倒れるほどだったとは。

傍にいて支えるべきだったのかもしれないと、ミレイアは唇を噛む。

騎士たちもそれ以上は知らないのだろう。

困り果てて立ち尽くしたまま、全員を沈黙が包む。

すると、部屋の中から何やら騒ぐ声が聞こえてきた。

足音や、何かが壊れる音が響き、嫌な予感に血の気が引く。

ややあって、内側から慌ただしく扉が開かれた。

「セルヒオ様!?」

まさか意識が戻ったのかとミレイアは駆け寄るが、そこから顔をのぞかせたのは高齢の侍医だった。

「おや、妃殿下。ちょうどよいところにいらした」

「セルヒオ様の容態はどうなのですか!」

「落ち着かれてください。今は安定しています」

医師はミレイアをなだめるような仕草で両手を上げ下げする。

落ち着いてなどいられるものかとミレイアが首を振れば、医師が困ったように眉を下げた。

「おそらくは疲れが原因でしょう。少しお休みされれば、大丈夫です。ですが、先ほどからずっと誰かを呼んでいらっしゃるようで」

「誰かを……？」

「お声が苦しそうで誰もはっきりとは聞き取れず。妃殿下ならわかるかと」

医師に促され部屋の中に入り、部屋の中央にあるベッドに駆け寄った。

青白い顔で浅い呼吸を繰り返すセルヒオは、見るからに憔悴している。

いつもの自信に満ちた美しい姿とはまるで別人だ。

（こんなになるまで……）

王太子という重圧に応えるため、セルヒオはずっと努力をしてきた。

ただ甘ったれてその陰に隠れて生きた自分が情けなくなる。

（ごめんなさいセルヒオ様。無能な妻で、ごめんなさい）

もっと頑張ればよかった。

セルヒオの妻でいるために、ミレイアができることはまだ沢山あったのではないか。

薬に頼り卑怯な手段で居場所を得ようとしている自分が、急に情けなくなる。

「……いくな。どこにもいくな……」

「セルヒオ様!?」

掠れた声でセルヒオが誰かを呼んでいる。

力なく持ち上げられた手が、何かを探すようにさまよっていた。

ミレイアは咄嗟《とっさ》にその手をしっかりと握りしめる。

「ああ……そこにいたのか……」

セルヒオの瞼がわずかに開き、うつろな瞳がミレイアに向けられた。

弱々しくも優しい笑みが口元に浮かぶ。

「もう、どこにも、いかないでくれ」

「セルヒオ様……！」

ミレイアの瞳から涙が溢れた。

こんなにも求めてくれていたなんて。

（やはり、私はこの人のために努力するべきなんだわ）

これまで後悔や、リーナに対する罪悪感が胸を刺す。

自分の犯した罪を償い、これからの未来のために努力しなければいけない。

使命感にも似た思いがこみ上げ、背筋が伸びる。

「セルヒオ様、私――」

「リーナ」

かすれきった声が呼んだのは、ミレイアの名前ではなかった。

心臓が奇妙な音を立て、指先が冷たくなっていく。

「リーナ。すまない。私が愚かだった。リーナ……もう、どこにもいかないでくれ」

聞いたこともない声。

後悔と哀しみにまみれた憐れな声が、ミレイアの心を踏み潰す。

本当に目の前にいるのはセルヒオなのだろうか。

「リーナ……」

再びセルヒオの瞼が閉じた。

力の抜けた手がベッドに落ちる。

「お眠りになったようだ。どうやら、妃殿下を見て安心したようですな」

医師にはセルヒオの声が聞こえていなかったのだろう。

安心したような言葉に、ミレイアの神経が逆撫でされる。

「このまま朝まで眠れば、きっと快方に向かうでしょう。薬を置いておきますので、次に目を覚まされた時に服薬させてください」

机にいくつかの調剤薬を残し、医師は部屋を出て行った。

メイドや護衛騎士が様子を見に来たが、自分が付いているからと全員を追い出し部屋に内側から鍵をかける。

「本当に、酷い人」

ミレイアは、横たわるセルヒオをじっと見下ろす。

絵に描いたような眠れる王子様。

ミレイアの世界に色と希望を与え、そして残酷に奪っていった人。

「……どうして」

ミレイアのものだった。

ほんの少し前までは、セルヒオはミレイアだけの夫だったのに。

「結局、こうするしかないのね」

ポケットに忍ばせていた薬を取り出す。

それは、あの薬師が調合してくれた特別な薬だ。

サイドボードに置かれたコップに注がれた水と薬を口に含み、ミレイアは眠るセルヒオに口づけた。

喉が渇いていたのか、セルヒオは驚くほど素直に水と薬を飲み込む。

嚥下《えんげ》して上下した喉元は真っ白で、しみひとつない。

乾いた笑いが喉から勝手にこぼれた。

これから起きることは、ミレイアにとってもセルヒオにとってもただの地獄かもしれない。

それでも止まれなかった。

「セルヒオ様、私です、リーナです」

身体を優しく揺さぶりながら呼びかければ、セルヒオが再び薄く目を開ける。紙のように白かった頬に赤みが射し、呼吸が速まっていく。

(皮肉なほどに、よく効く薬だわ)

「……リーナ、なのか」

「ええ。あなたのリーナが戻ってきましたよ」

かつて憧れたその人の口調を思い出しながらミレイアはセルヒオへと手を伸ばした。

「愛しています、セルヒオ様」

強い力で腕を引かれる。

愛しい人の体温と香りに包まれるのに、心は冷え切ったまま何も感じない。

勝手に溢れた涙が頬を濡らしたが、ミレイアはそれを拭うことなく、ただ乾いた笑い声をあげたのだった。

五章　破滅の終結

身体の中で濁った熱がくすぶっているような不快感に包まれながら、セルヒオは目を開けた。

カーテンの引かれていない窓から弱い光が射し込んできている。

「朝、か」

酷く掠れた声が喉からこぼれた。

全身が重く、頭痛も酷い。

目元が腫れぼったく瞬きをするだけで肌がひりつくような感覚があった。

身体を動かそうにも、指を持ち上げるのすら億劫《おっくう》だ。

ベッドに横たわっていることはわかる。

見慣れた天井は、城の寝室だろう。

熱を孕んだシーツは居心地が悪い。

(ああ、そうだ。リーナ)

文官からリーナの死を知らされたところまでは覚えている。

その衝撃で、世界が真っ黒に染まったことも。

リーナが冤罪だったのは間違いない。

にもかかわらず、セルヒオは彼女との婚約を一方的に破棄し、国外に追放した。

居場所をなくしたリーナは、辺境の教会で病に倒れ、そのまま この世を去った。

「う……っ」

喉の奥から苦いものがせり上がってくる。

(違う。私は何も悪くない)

すべては正しい調査をしなかった部下たちの責任だ。

こんなにも簡単に事実が露見するということは、当時だってもっと正式な調査をすればわかっただろう。

ベルシュタ公爵家だって、娘の冤罪を晴らす努力をしなかったのだ。

追放後だって、援助するなり匿うなり何でもできたはずなのに、それを怠った。

セルヒオだけのせいではない。

何より。

「ミレイア……！」

すべては彼女がはじまりだった。

リーナに冷たくされたと泣いていたミレイアにすっかり騙されたのだ。

男子生徒のことも、リーナの差し金ではなくミレイアが何か裏で糸を引いていた可能性がある。

何も知らぬ初心な顔をして、ずっとセルヒオを騙していたのだ。

「……どうしたのですか、殿下」

「……！」

真横から聞こえた返事にセルヒオは弾かれたように身体を起こした。

「ぐ……」

急に動いたせいか、血が逆流したような感覚と共に世界が歪む。

よろめいた身体を柔らかく華奢《きゃしゃ》な腕が支えてきた。

「大丈夫ですか？」

のぞき込んでくるのは間違いなくミレイアだ。

どうしてここにいるのかと尋ねたいのに、頭痛のせいで舌がうまく動かない。

「顔色が悪いですわ。お水を飲みますか？」

甘ったるい声をあげながらかいがいしく世話を焼いてくる姿に、まるで悪夢を見ているような気持ちになる。

かすむ視界で確かめたお互いの身体は薄いローブしか羽織っていなかった。

ミレイアの肌には、昨夜の情事を思わせる名残があった。

なぜ、と問いかけた声はまともな音にすらならない。

「セルヒオ様」

聖母のような顔をして水の入ったコップを差し出すミレイアの瞳は、セルヒオだけを見つめている。

濁った砂糖水のようにとろりとした熱を孕んだ視線に身体が震えた。

心臓が嫌な音を立てて激しく脈打つ。

「っ!!」

「きゃあ!!」

コップを持ったミレイアの手を思い切り弾く。

ベッドにこぼれた水が、じわりと染みを作った。

「くそ！」

言葉を交わすのすらおぞましく、ひとり勢いよくベッドを飛び出した。

歩く度に全身の骨が軋む。

まともに歩くだけで精一杯だった。

「誰か、いるか……！」

扉を開ければ、メイドたちが血相を変えて駆け寄ってきた。

護衛騎士たちも青ざめた顔で走り寄ってくる。

「殿下！　酷い顔色です。そのお姿は……」

「っ……一体何があった。どういうことだ……！」

身体を支えられながら尋ねれば、彼らは困惑した表情を浮かべた。

「覚えていらっしゃらないのですか」

「何をだ」

「……昨夜、殿下は執務室でお倒れになったんです。医師の判断でこの部屋に運ばれ、お休みされていたところに王太子妃殿下がいらっしゃって……」

言葉を濁すメイドの言葉を継いだのは、護衛騎士だった。

「医師が帰った後、妃殿下が人払いをされて……その後、殿下たちは……明け方まで」

馬鹿な、と叫びたかったが声にはならなかった。

彼らの言葉でおぼろげながらに自分が何をしたのかを思い出していた。

苦しいほどの飢えと衝動に突き動かされ、小さくて柔らかな身体を組み敷いた感覚が生々しく蘇る。

「ぐ……」

「殿下！」

支えられていなければ、その場に崩れ落ちていただろう。

リーナの訃報を知った衝撃で前後不覚になり、諸悪の根源であるミレイアを身代わりにした。

自己嫌悪に吐き気がこみ上げる。

「とにかく医師を呼びます。立てますか……？」

もはや領くこともできなかった。

魂をどこかに忘れたような虚無感に包まれながら、執務室へと運ばれる。

医師の診察を受けながら着替えを済ませたセルヒオだったが、ソファから立ち上がることもままならなかった。

「こんなに衰弱されて。昨晩よりも容体が悪化しております。どうされたのですか」

答える気にもならなかった。

「……午後からは調印式がある。それまでに動けるようにしてくれ」

「そんな。無理です、倒れてしまいますよ」

「構わん。調印式が終わるまで持てばいい」

今のセルヒオには王太子としての役目を果たすことしか残されていない。

もしそれすら放棄してしまったら、リーナに合わす顔すらなくなってしまう。

渋い顔をしていた医師は、メイドに何かを告げると慌ただしく準備をはじめた。

椅子にもたれるように腰掛け、少しの間だけでも休もうときつく目を閉じる。

（これはすべて悪い夢だ）

意識を闇の中に落としながら、セルヒオは己にそう言い聞かせた。

＊＊＊

（やった。やったわ）

寝室にひとり残されたミレイアは小さく拳を握りしめていた。

成し遂げたという達成感で身体が震える。

セルヒオに薬を使い、一夜を共にできた。

子どもができやすくなる薬を飲んでおいたから、子どもができた可能性は高い。

もし実っていなくても、薬さえあればセルヒオの籠絡が成功することはわかった。

そう遠くない未来で、ミレイアは子を身籠もるだろう。

（これでいいのよ。もう、これしかないのだから）

胸が苦しいのも空しいのも、すべては気のせいだ。

無事に子どもさえできてしまえば、ミレイアの地位は揺るがない。

「王太子妃殿下。離宮にお戻りになりますか……？」

遠慮がちに声をかけてきたのは、城仕えのメイドたちだ。

陰でミレイアの育ちをあざ笑い見下してきた者たち。

表情こそ上品だが、その視線や声音にはミレイアに対する嘲りが含まれているのが伝わってきた。

「いいえ。ここにいますよ」

ミレイアの微笑みに、メイドたちがたじろいだのが見えた。

「お湯を用意して」

「えっ、今から、ですか……？」

「そうよ。今すぐに」

語気を強めて命じれば、それまで立ち尽くしていたメイドたちが一斉に動き出す。

彼女たちにとってミレイアは使えるべき主だ。

命令には逆らえない。

（どうしてこんなことに早く気がつかなかったのかしら）

怯える必要などないのだ。

生まれや育ちなど関係なく、ここに辿り着いたことがすべてなのだから。

まだ薄い腹を撫でながら、ミレイアは艶然とした笑みを浮かべた。

＊＊＊

バートンの元を飛び出したナタリーは、実家には戻らず、街一番の高級宿の部屋で過ごしていた。

朝焼けに輝くコロムの街並みを眺めながら、うっとりと目を細める。

これまでにも何度か利用していることもあり、勝手知ったる過ごしやすさだ。

従業員たちも、ナタリーのことを得意先であるグラッセ家に嫁ぐ女性だと把握しているからか、まるで王族にでもなったかのような接客をしてくれる。

(婚約解消の噂が出回るまではここに居座ろうかしら)

高級酒を飲みながら、ナタリーはこれからのことに思いを馳《は》せていた。

バートンが婚約解消の届けにサインをすれば、ナタリーは晴れて自由の身だ。

いくらかの慰謝料は請求されるだろうが、これまでバートンから与えられた宝石を処分すれば十分事足りるだろう。

(全部が終わったら連絡が来るはず。そうしたら、私は)

窓の外からはレッドがいるメンダシウム商会の建物も見えた。

「レッド。ああ、待っていてレッド」

胸を焦がす恋情に頬が熱を持つ。

あの微笑みを見たくてたまらない。

会いに行くのはすべてが終わってからだと思っていたが、我慢できそうにない。

グラスをテーブルに置くと、ナタリーは浴室へと駆け込んだ。

全身をくまなく磨き上げ、真新しいドレスに着替える。

いつもは結い上げている髪を下ろせば、まるで学生時代に戻ったようだった。

「私の人生は、きっとこれからはじまるのね」

宿の使用人に金貨を握らせ、馬車を呼びつける。

今から向かえば店の開店に間に合うだろう。

客の少ない時間ならば、レッドも相手をしてくれるかもしれない。

バートンと別れたことを告げて、愛していると囁《ささや》いたらどんな顔をするのだろう。

胸の高鳴りに、心だけではなく気持ちまで若返ったような気がする。

「いらっしゃいませ」

予想通り、店は開いたばかりで客は少ない。

ナタリーは店内を見回し、レッドの姿を探した。

「何かお探しですか？」

ふくよかな男性店員が声をかけてきた。

ナタリーは素直にレッドに会いに来たと告げると、彼は奇妙な表情を浮かべた。

「レッドさんですか？」

「ええそうよ。今すぐ会いたいの」

「彼は先日、ここを辞めましたよ」

「……は？」

唇から間抜けな声がこぼれた。

「辞めた、って……そんな、どうして……」

「どうしてもこうしても、元々そういう約束だったんです」

話が通じない苛立ちにナタリーは眉を吊り上げる。

「どういうことよ。きちんと説明しなさい！」

胸ぐらを掴まんばかりに距離を詰めれば、男性店員がひぃと短い悲鳴をあげた。

「か、彼はカルフォンの貴族からの紹介で一時的に修業に来ていただけなんですよ。うちで働いたのなんて、ほんの数日だ」

嘘よ。

そう呟いたつもりだったのに、唇を動かすこともできていなかった。

「……はは ぁん、お嬢様もあいつに口説かれたんですね」

男性店員が訳知り顔で大きく頷く。

「まって。今、『も』って……」

「あいつは顔もいいし、口も立つ。接客した女性客はたいていすぐに夢中になって色々と買ってくれたんです。不思議ですよね。ほんの数分会話しただけだっていうのに。本当はもう少し働いてもらいたかったくらいだ」

「そんな」

レッドから向けられた、熱い視線や優しい言葉は上辺だけだったというのだろうか。

そんなわけがない。そんなわけがない。

「嘘よ。私、彼から手紙だってもらったの。ほら」

ナタリーは馬丁が届けてくれた手紙を差し出す。

すると男性店員はますます憐れむような表情を浮かべた。

「何だ。これは、うちで売ってる商品じゃないですか」

「え……？」

「ほら、そこに」

店員が指さした先には、既に文字が書かれた便箋が並べて売られている。

「筆に自信のない人間がよく買っていくんです。代筆屋に依頼するほどでもない一文だったり、急いで連絡を取る必要がある時にと作ったんですが、よく売れるんですよ。謝罪に告白の返事。お嬢様もどうですか？」

見本のひとつが、ナタリーが受け取ったものと一致した。

「そんなの。そんなの嘘よ。だって、だって……」

だって、何なのだろうか。

振り返ればレッドは何ひとつ明確な言葉を与えてはくれなかったではないか。

思わせぶりな視線と、当たり障りのない会話しかふたりの間にはない。

どうしてあんなに夢中になっていたのか、思い出すことすらできなくなっていく。

（っ……騙されたの!?）

怒りでどうにかなりそうだった。

（この私を、騙すなんて……!!）

悔しさで全身がぶるぶると震える。

今すぐレッドを見つけ出し、その頬を叩いてやりたい。

「まあ、犬に噛まれたとでも思って。気分転換に何か買い物をしていきませんか」

無神経な店員の言葉に苛立ちながら、ナタリーは店内をぐるりと見回す。

確かにお金ぐらい使わなければ正気を保っていられそうにない。

（まあいいわ。どのみちバートンとは別れて正解だったのだから）

むしろレッドという存在がいないままだったら、あのままずるずると婚約し結婚に至っていただろう。

怒りは静まらないし、必ず見つけて報いをうけさせてやろうとは思うが、完全にまだ憎みきれないのも事実で。

（ああ、結局私はまた幸せにはなれないのね）

今度こそ、すべてを備えもった男を手に入れたい。

ナタリーにはそれだけの価値があるのだから。

「何をお持ちしましょうか？」

「宝石を」

「かしこまりました」

店員は慣れた手つきで美しい宝石を目の前に並べていく。

その美しさは、ざらついていたナタリーの心を癒やすのには十分だった。

「これをちょうだい。ブローチにするわ」

「お支払いはいかがしましょうか」

「代金はグラッセ伯爵家につけておいて。私はバートン・グラッセの婚約者だから……」

癖でうっかり家名を口にしてしまったナタリーは、はっと口元を押さえる。

さすがに今日の買い物をバートンに支払わせるわけにはいかない。

「ああ、間違えたわ。代金は……え」

取り繕おうと顔を上げたナタリーが見たのは、店員の冷たい視線だった。

先ほどまでは眦《まなじり》を下げ必死に機嫌とりをしてきたくせに、まるで汚物でも見るような目でナタリーを睨みつけている。

「残念ですが、お客様にお売りできるものは何もございません」

「ちょ、ちょっと！」

並べられていた宝石が一斉に引き上げられていく。

「お引き取りを」

急に態度を変えた店員に、ナタリーは声をあげる。

「私は客よ！　何よその態度は！」

しかし店員は返事すらしない。

他の店員をと店内を見回すが、彼らは一様にしてナタリーを見ようともしない。

否、ナタリーの存在そのものを無視している。

「っ！　どういうつもりよ！　私は客よ！」

どんなに声を張り上げてもだれも目線すら寄越さない。

苛立ちに任せ、近くにいた店員に掴みかかろうとしたナタリーだったが、警備員に腕を掴まれた。

「他のお客様のご迷惑になります。お引き取りを」

強面の警備員からは、女であっても容赦をしないというはっきりとした意思表示を感じた。

「わ、わかったわよ！　離して！」

警備員の手を振り払い、ナタリーは店の外へと飛び出す。

出入りする客や通行人から遠慮のない視線を感じ、羞恥《しゅうち》と怒りで頭がどうにかなりそうだった。

「一体何なのよ！」

馬車すら呼んでもらえなかったことを思い出し、ナタリーはヒールで地面を踏みならす。

（とにかく宿に戻って、それから実家に……）

小言は覚悟の上だ。

両親も、バートンが隠しごとをしていたことを知れば理解してくれるだろう。

大丈夫。何も問題はない。

そう言い聞かせながら、ナタリーは宿屋に向かって歩き出した。

＊＊＊

たったの数日離れていただけだというのに、まるで数年ぶりの帰郷を果たしたような気持ちでマルクは王都に戻ってきた。

道中の記憶はおぼろげで、往路で無理をさせたせいで機嫌の悪い馬をずっとなだめ続けていたような気がする。

ずいぶんと賑わっている街の様子に、そういえば隣国の皇太子が会合に訪れる予定だったことを思い出した。

本来ならばセルヒオの護衛として付いていなければならない予定だったのに、それらすべてを放棄してしまっていたことにようやく思い至る。

だが、心は何の反応もしてくれなかった。

（リーナ）

石碑の前でずっと名前を呼び続けていた。

あのまま死んでしまえたならどれほどよかったか。

だが、マルクにはまだやることがあった。

『リーナ様は、王都を離れた後ここで静かに暮らしておられました。ですが、四年前の冬に体調を崩されて……』

涙ながらにシスターが語ってくれたのはリーナの最期だ。

病で高熱を出したリーナをシスターたちは懸命に看病したが、薬もなく医師も不足していて助からなかったという。

『眠るように息を引き取られました』

病で死んだリーナの亡骸は火葬されており、石碑の下に灰しか残っていなかった。

マルクの懐には、シスターに託された遺髪が収まっている。

（こうなれば、いっそセルヒオを……）

セルヒオが間違えなければリーナは死ななかったのだ。

マルクは何も悪くない。

いつだってリーナのために最良の選択肢を選んできた。

だが、ほんのわずかなかけ違えでリーナはこの世から消えてしまった。

これからのマルクに残された選択肢は、リーナの仇討《あだう》ちだろうか。

愛する女のいわれなき罪の真相を暴き、名誉を回復すれば、マルクはリーナの騎士として歴史に名を残せるかもしれない。

（まずはもう一度公爵家に……ん？）

通りの先から歩いてくる人物の姿に、マルクは足を止めた。

高慢ちきそうな顔立ちに派手なドレス。

笑いたくなるほど当時と変わらぬままの姿に、過去に戻ったような錯覚すら感じる。

「あら、あなた……」

それは相手も同じだったらしい。

彼女は足を止め、赤く塗った唇の端を吊り上げた。

「ええと、マルク様、だったかしら？　殿下の護衛の……」

「そちらはタウレル伯爵家のナタリー殿か。久しいな」

学園時代、リーナの親友として常に横にはべっていたナタリーだった。

今このタイミングで再会するとは奇妙な縁だ。

なんとなく気味の悪さを感じながらも、丸くはナタリーに向き直る。

お互いに興味がなかったため、特に親しくはなかったが、顔を合わせる機会は多かったこともあり懐かしさはある。

とはいえリーナの事件から後は、まともに顔を合わせてもいなかった。

（そういえば、あの騒動の際にナタリー殿はどうしていただろうか）

断罪が行われたパーティーに参加していた記憶はあるが、発言をした記憶はない。

親友であっても噂に踊らされたというところだろうか。

「こんなところで何を？　お仕事はよろしいの？」

どこか媚びた笑みを浮かべるナタリーに内心眉を寄せる。

無遠慮に値踏みしてくる視線に、ぞわりと首すじの毛が逆立つ。

忘れていたが、ナタリーはいつもリーナの周りにいる男たちを観察し、順位を付けていたように思う。

なぜリーナはこんな女と友人をしているのかと疑問に思っていたのだ。

「実は所用で休暇を取っていてな。今、帰ってきたところだ」

「隣国の皇太子殿下がいらしているというのに優雅ですわね」

いちいち棘のある言葉遣いをしてくるナタリーに苛立ちが積もる。

ただでさえ機嫌が悪いのにこれ以上煩わされたくない。

「君こそこんなところで何を？　ひとりで出歩くなど、ずいぶんと不用心だな」

マルクの指摘にナタリーが顔を歪める。

「ちょっと婚約者と喧嘩《けんか》しただけよ」

「婚約者と？」

確かナタリーは金持ちで有名な伯爵家の跡取りと婚約していたはずだ。

その噂を聞いた時、妙に納得したのを思い出した。

うまくやったものだ、と。

「気にしないで。大したことはないから……ねえ、それよりも聞きたいことがあるのだけれど」

話題を逸らすように手を振ったナタリーは、わざわざマルクの正面にまわってきて顔をのぞき込んできた。

「近衛騎士ということは今でもセルヒオ殿下のお側にいるのよね？　ミレイア様はお元気かしら」

「……何？」

いくら当時は同じ学園にいたからといって、既に王太子妃となったミレイアを軽々しく名前で呼ぶナタリーにマルクは眉間の皺を深くする。

（あの娘と大して仲がよかったとは思えないがな）

むしろ徹底して無視していたという方が正しいだろう。

直接危害を加えることはなかったが、リーナから指導を受けるミレイアをナタリーはいつも離れたところから見ていたはずだ。

「どうして君が王太子妃殿下のことを気にする？」

「ああ、実はついこの前、急に私を訪ねてきたのよ」

「何だと？」

意外だった。

ミレイアは積極的に誰かと関わるような性格ではない。

そのせいで、妃教育が進んでいないというのに。

「一体なぜ……」

「ふふ？　知りたい？」

「……もったいぶった言い方はやめろ」

何か目的があるのだろう。

ナタリーは身体をくねらせながらマルクの腕にすり寄ってくる。

「実は、馬車を呼ぼうにも手持ちがないの。荷物を全部置いてきてしまって。少し用立ててくださらない？」

まるで場末に立つ女のような言葉遣いに寒気が走る。

マルクは無言でポケットを探ると、銀貨を一枚取り出しナタリーへと放り投げた。

「ふふ。話がわかるじゃない」

「早く話してくれないか。少し急いでいるんだ」

「せっかちね。いいわ、実はミレイア様、私にリーナの居場所を聞いてきたのよ」

「何……!?」

凍っていた心臓に一気に血が流れ込んだような気がした。

「一体どういうことだ」

「どうやらリーナから手紙が届いたんですって。偶然にも私のところにも手紙がきてたのよね」

「手紙、だと」

まさか、とマルクは口元を押さえる。

リーナからの手紙が、セルヒオだけではなくミレイアとナタリーの元にも届いたというのか。

（公爵は、あれはリーナの遺言だと言っていた。死後に届くように手配していたのが、一斉に届いたのか？）

「どんな手紙だったんだ!!」

肩を思い切り掴んで揺さぶれば、ナタリーは甲高い悲鳴をあげる。

「痛いじゃない！　やめてよ!!」

「っ、すまない」

　はっとして腕を放せば、ナタリーが恨みがましい視線を向けてきた。

「あなたって当時もだけどリーナのことになると怖いくらいに真剣ね。もしかしたら、リーナのことが好きだったの？」

「……彼女はセルヒオ殿下の婚約者だったんだ。お守りするのは当然だろう」

「ふうん。まあそういうことにしておいてあげるわ」

　訳知り顔で目を細めるナタリーから逃げるようにマルクは目を伏せる。

「手紙の内容は大したことがないものだったわ。当時の謝罪と、これからの幸せを祈る、みたいな。王太子妃殿下と私に届いたものの内容は殆ど一緒だったわよ」

「だったらなぜ、ミレイア様は君のところにリーナ様の居場所を聞きに？」

「さぁ？　当時のことで思うことがあるみたいね。彼女、妃教育がうまくいってないんでしょう？　貴族の間では有名な話よ。リーナがどこかにいるのならば、助言でも求めたかったんじゃないかしら」

「………………」

　一理ある。

　あの事件ではミレイアはリーナにかなり負い目があることだろう。

　どこかで生きているとわかったなら、行方を探したくなってもおかしくはない。

「それで、君は何か知っているのか」

「何も。手紙が来て驚いたくらいよ。国外追放になった人のことなんか知らないわ」

とても冷たい口調だった。

本気でリーナのことをどうでもいいとしか思っていないのがわかる。

「あなたこそ、何か知ってるんじゃゃない？」

一瞬、リーナが死んだことを伝えてやろうかという衝動がこみ上げる。

見捨てた友が、ひとり寂しく死んだと知ったらこの女《ナタリー》はどんな顔をするのだろうか。

(は……何を無意味なことを)

きっと、先ほどと同じように無感動な反応しか示さないだろう。

(リーナの死を悼むのは俺だけでいい。俺だけが彼女の無念を知っていればいいんだ)

「何も」

まだ疑っているのか、ナタリーが大きな瞳で見つめてくるのが煩わしい。

鼻につく香水の香りを振り切るようにマルクは首を振ると、ナタリーから身体を離した。

「馬車を拾うなら早くした方がいい。女ひとりで出歩いていれば何があるかわかったものではないからな」

「優しいのね。どうせならあなたが送ってくださってもいいのよ？」

「やめておこう」

下手に関わっていらぬ騒動に巻き込まれたくはない。

なお話しかけてこようとするナタリーを振り切るようにしてマルクは歩き出す。

こんなところでグズグズしている暇はないのだから。

＊＊＊

「殿下。お時間です」

「ああ」

身体を動かすのが億劫でならなかった。

医師の処置のおかげか、立って歩くことはできるが頭は殆ど動かない。

なんとか正装へと着替えられたのが奇跡に等しいだろう。

(とにかく調印式だ。それから公爵と……)

ベルシュタ公爵の顔を思い浮かべるだけで、体中の血液が逆流するような不快感に襲われる。

娘を失ったと知ったら、公爵は本当に王家と袂《たもと》をわかってしまうかもしれない。

ようやくまとまりかけた事業が台なしになれば、王家の威信は失墜するだろう。

（約束さえ取りつけてしまえばいい。そうだ、私は何も知らなかった）

リーナから手紙が届いたのも、そのリーナが死んでいたのも、なかったことにしてしまえばいいのだ。

一時の夢を見ていたと思えばいい。

――セルヒオ様。

だというのに、どうしてリーナの幻影が消えないのか。

考えまいとすればするほどに頭をよぎる、幼い頃からの記憶がセルヒオを苛む。

護衛に支えられながら辿り着いた大広間には、フェリクスが待っていた。

周囲には国内の有力貴族がずらりと揃っている。

その中にはベルシュタ公爵もおり、氷のような瞳をセルヒオに向けていた。

「ぐ……」

油断すれば吐いてしまいそうだった。

しかし観衆の前で、王太子である自分がそんな失態を犯すわけにはいかない。

「すまない。遅くなった」

「気にしないでくれ。ずいぶんと顔色が悪いがどうした？」

気遣わしげなフェリクスの声すら、今は煩わしい。

早く終わらせたい一心で、セルヒオは用意されていた椅子に腰掛ける。

全身から汗が噴き出し、呼吸が乱れる。

殆ど気力だけで意識を保っている状態だった。

(調印さえ終わらせてしまえば)

このあとはどうなっても構わない。だから。

「それでは調印を……」

「その前に少しだけいいか」

フェリクスが顔を近づけてくる。

周囲には聞き取れないほどの小声による問いかけに、セルヒオは眉を寄せた。

「……何だろうか？」

既にさんざん話し合いをしたではないか。

これ以上、何があるというのか。

限界を感じながらもセルヒオはフェリクスをうつろに見つめた。

「実は君に関してよくない噂を聞いたんだ」

「は……？」

どくりと心臓が逆さまに脈打ったような音がした。

「君は、今の妃と結婚する前に、別の婚約者がいたんだろう？」

「なぜ……、それを」

「偶然、耳に挟んだんだ。君たちの結婚は我が国では美談として語られていたから驚いたよ」

昨日までとは明らかに違う、侮蔑の色が混じったフェリクスの視線に呼吸がままならない。

「元の婚約者は何も悪くないのに、無実の罪を着せて国外追放にしたというのは本当かい？」

「なぜ、そんなことを」

額に滲んでいた脂汗が滴り落ちる。

どうしてこの場所でフェリクスに追及されなければならないのか。

周囲の貴族や、国王や王妃が訝しげにこちらを見ている。

もしこの会話を聞かれていたら。

想像することもできないほどの恐怖に、身体がわななく。

「俺は、自国を代表してここに来ているんだ。君が、信用に足る人間かどうか確かめるのは当然だろう？」

あの時は間違いなく真実だと信じていた。

何も間違えていない。悪いのはずさんな調査をした周囲であり、誤解されるような状況に甘んじたリーナだ。

「違うなら、違うと答えてくれ。俺は君を信じたい」

すべてを見透かしたような黒い瞳に、セルヒオは引きつった悲鳴をあげる。

誰かに助けて欲しくてフェリクスから視線を逸らし会場へと目を向けた。

（……！）

セルヒオの視線を受け止めたのは、ベルシュタ公爵だった。

憎悪と怒りに滲んだ瞳がまっすぐにセルヒオを見つめている。

すぐにわかった。

公爵はリーナの最期を知っている、と。

すべて知ったうえで、セルヒオに会いに来たのだ。

「ぐ……ぇ……」

喉の奥からこみ上げた苦いものが、一気に口の中を満たす。

不快な水音が広間に響き渡った。

それが、自分の口から胃液が溢れ出ている音だとセルヒオが理解した時には、既に周囲から悲鳴があがっていた。

吐瀉物《としゃ》が、机と調印するだけの状態に整えられていた書類にまで降りかかる。

鼻を刺す刺激臭と舌を痺《しび》れさせるほどの苦みに涙が溢れた。

「汚いな、酔っているのか？」

よく通る声でフェリクスが言葉を発した。

会場内にざわめきが走る。

（違う。私は酒など飲んでいない。これは違う）

「こんなていたらくで調印など……コロムは我が国をよほど軽んじているらしい」

嫌悪感を隠す気もないフェリクスの声に、セルヒオは情けなく呻く。

違うと弁明したいのに顎が震えて喋ることすらできない。

この場から逃げ出したくて椅子から立ち上がろうとするが、力の入らぬ膝が震えて無様にも床に転がり落ちてしまう。

死にかけの羽虫のように床でのたうつセルヒオの視界に影が差す。

見上げれば、そこに立っていたのはベルシュタ公爵だった。

手を貸すでもなく、踏みつけるでもなく、ただ感情のない瞳で見下ろされている。

「無様ですな、殿下」

「な、に……」

「ごらんなさい、周囲を。皆あなたの姿に失望し、幻滅していますぞ」

「あ……」

「酒に酔って調印式に現れ、あまつさえ嘔吐など。王族としてあるまじき失態ですな」

「あ……あ……」

「人間とは口さがない生き物です。誰かの失態は必ず誰かの娯楽《おもちゃ》になる。私の娘のように」

息を吸うだけで全身がばらばらになりそうだった。

その場にしゃがみ込んだ公爵が、セルヒオの耳元に口を寄せた。

「お前は必死に努力していたリーナを、軽々と踏み潰した」

氷のような声が鼓膜を刺す。

「娘が味わった恥辱を少しでも味わうがいい」

ぐにゃりと歪んだ視界に映るのは、しらけきった目でセルヒオを見ている貴族たちの姿だ。

奇妙な展示物を見るような冷めた視線に、心までもが凍り付いていく。

誰も助けてくれない、味方になってくれない。

万人の中で感じる孤独感に押し潰されながら、セルヒオは闇へと堕ちていった。

＊＊＊

湯浴みを終え、ドレスに着替えたミレイアはこれからのことに思いを馳せていた。

（セルヒオ様は少し怒っているかもね。でも、きっと許してくださるわ）

優しく甘いセルヒオのことだ、ミレイアが必死に謝れば理解を示してくれるだろう。

薬を使えば、子もすぐに授かる。

もしかしたら既に。

（リーナ様、ごめんなさいね）

奪ってしまった人生はやはり返せそうにない。

「そうだ、ルーシュたちを呼ばないと」

離宮に待機させたままのメイドたちを城へ呼び寄せなければ。

これまで献身的に支えてくれた彼女たちに報いるためにも、これからは立派な主としての振る舞いをしていかなければならない。

さて何からはじめようかとミレイアは微笑みを浮かべる。

「ここだ！」

唐突に、部屋の扉が勢いよく開かれた。

そうして室内になだれ込んできたのは、武装した兵士たちだ。

「なっ……！」

「王太子妃殿下ですね」

「何ごとですか、ここをどこだと思っているのですか！」

毅然とした態度をとるも兵士たちは臆する様子もなくミレイアに視線を向けている。

「あなたをお迎えに参りました」

「私を？」

わけがわからないとミレイアは首を振る。

兵士が来るなど、ただの呼び出しでないことはわかる。

「一体なぜ……」

「王太子殿下が、調印式の場で嘔吐し、気を失いました」

「えっ!?」

信じられない知らせに、ミレイアは息を呑む。

確かに目覚めた時のセルヒオは、あまり体調がよさそうではなかった。

昨日倒れたことを考えると、まだ無理をしていたのかもしれない。

「殿下は大丈夫なのですか？」

「はい。医師が処置しておりますから、命には別状ありません」

「よかった……では、私を殿下のところに連れて行ってくださるのね」

わざわざ迎えを寄越してくれるなんてとミレイアが感動していると、兵士が緩く首を振った。

「いいえ。私たちはあなたを捕らえに来たんですよ」

兵士たちの鋭い視線がミレイアに向けられていた。

「王太子妃殿下。あなたは王太子に毒を盛りましたね」

「毒⁉　何よそれ！」

身に覚えがないどころではない。

何かの間違いだと言いつのろうとしたミレイアに、兵士が書類を突き出す。

「殿下の吐瀉物から、禁止薬物が検出されました。この薬は、正気を失わせ幻覚を見せる作用があるという危険なものです」

「そん、な……私は、知らないわ！」

「しらばっくれても無駄です。先んじて離宮に調査に入った兵士から、薬物を発見したと連絡が届いています」

「嘘よ！」

ミレイアはあらん限りの声で叫んだ。

どうして自分がセルヒオに毒を盛る必要があるのか。

「あなたに仕えているメイドからも告発が届いています。怪しげな薬師に依頼して、特別な薬を作らせたとか。殿下を籠絡し、自分の傀儡《かいらい》にするつもりだった、と」

(何を言っているの？)

限界まで目を見開き、ミレイアは動きをとめた。

「メイドって……」

薬師の情報をくれたのも、同行してくれたのもルーシュただひとり。

ずっとミレイアの傍に寄り添ってくれた彼女が、そんな裏切りをするわけがない。

誰かに脅されたか、別のメイドが虚偽の申告をしたとしか考えられない。

「ルーシュを……メイドのルーシュを呼んでください！　あの子は全部知っています、あの子なら」

「告発したのはそのルーシュ本人だ」

「は……？」

ただ唖然《あぜん》と兵士たちと向かい合ったまま、立ち尽くすことしかできない。

「ルーシュによれば、あなたは仮病を使って離宮に籠もり公務を放棄していたとか。王家はあなたの資質を見誤ったと嘆いていましたよ」

「そんな……嘘よ嘘よ嘘よ！」

「それだけではありません。この度、ベルシュタ公爵家より五年前の事件の再調査が申請されました。その過程で、新たな証拠が発見されたのです」

「証拠……？」

どくどくと耳の奥で激しい心臓の音が響く。

「当時、学生だったあなたを襲った男子生徒がリーナ・ベルシュタを名乗る人物と交わしていた手紙です。確認したところ、なぜかあなたの筆跡に酷似していることがわかりました。今、鑑定に出している最中です」

「――――！」

つんざくような悲鳴が部屋の中にこだまする。

それが自分の口から発せられたものだと気がついても、ミレイアは叫びを抑えられなかった。

「あなたは五年前から王太子殿下を籠絡し、リーナ・ベルシュタにあらぬ罪を着せた容疑が……」

淡々とした兵士の言葉はどこか違う世界から聞こえているような気がした。

＊＊＊

（運がよかったわ。まさかあんなところで、知り合いに会うなんて）

商会を追い出された後宿屋に歩いて向かっていたナタリーは、セルヒオの護衛であるマルクに遭遇し、銀貨を得られたことにほくほくとしていた。

マルクとは大した会話を交わしたことはなかったが、いつも熱心にリーナを見つめていたことだけは覚えている。

彼もまた、リーナを崇拝していたのだろう。

主の婚約者に懸想するなど、馬鹿を通り越して憐れだと思ったくらいだ。

手紙が届いたと知ってあんなに血相を変えたところを見ると、いまだにリーナを忘れられないのかもしれない。

もしかしたらリーナの居場所を探しに行ってしまうかもしれない。

国外追放になった女を近衛兵が追いかけたりなどすれば、職を追われかねないというのに。

（本当に罪な女ね、リーナ）

辻《つじ》馬車に乗れたおかげで、あと数分もせずに宿屋に帰り着けそうだ。

平民や商人が乗り合わせている馬車の中は狭く、安物の車輪が生む揺れは乗り心地が悪かったが、歩くよりはずっとマシだろう。

ぼんやりと乗客に視線を向ければ、ふたりの少女が肩を寄せ合いながら声をひそめて何やら楽しそうに会話をしている。

お互いを信頼しきっているのが手に取るように分かった。

きらきらと輝く彼女たちの表情は未来への希望が満ちているように見えた。

――ナタリー。私たち、ずっと友達でいましょうね。

胸の奥に小さな棘が刺さったような痛みが走る。

出会ったばかりの頃、ナタリーにとってリーナは親友だった。

辛いことも悲しいことも楽しいことも嬉しいことも分かち合える、たったひとりの愛しい友。

もし、リーナがもっと凡人だったら。

もし、ナタリーの初恋を奪わなければ。

(馬鹿らしい。何を考えてるのよ)

浮かびかけた考えに急いで首を振る。

後悔などするわけがない。

リーナが国外追放になった時、確かに思ったのだ、せいせいした、と。

(あれは全部終わったことよ。手紙もおしまい)

きつく目を閉じていれば、馬車が到着を告げるベルを鳴らした。

御者に銀貨を手渡し、外に出れば宿屋の前には従業員が既に待っていた。

「あら、出迎えかしら」

沈んでいた機嫌が一気に上向く。

だが、優雅な笑みを浮かべて彼らに近寄ったナタリーは、嫌な既視感に襲われた。

彼らが向けてくる視線は、商会の店員が態度を変えた時のものとそっくり同じだ。

ひやり、と頬に刃物を押しつけられたような寒気が走る。

「お客様。申し訳ありませんが、本日はもう満室になりました。お引き取りを」

「なっ……あの部屋はまとめて数日分借りたはずよ。代金だってもう……」

「残念ですがお引き取りを。こちらは荷物です」

ナタリーの鞄《かばん》が乱暴に地面に放り投げられる。

「何のつもりよ！　私を誰だと思っているの！　こんなことをして許されると思ってるの！　店主を出しなさい！」

許さないと髪を振り乱しながら叫べば、はは、と乾いた声が聞こえた。

「その店主から仰せつかったのです。あなたをこの宿から追い出せ、と」

「なっ！　何の権利があって……」

「ご存じないのですか？　この宿は、グラッセ家が所有しているのですよ」

「え……」

その場の時が止まったような気がした。

「当主様から連絡がありました。以後、決してあなたを客として扱ってはならないと。荷物の中にあった貴金属に関しても当主様からのご連絡ですべて回収させていただきました。無断で持ち出されていたようですね。盗みは犯罪ですよ」

「な、な、な……」

「その他に持ち出した宝石類も必ず返却するようにとのことです。グラッセ家は目録を保管していらっしゃるそうなので、売ったりなどしたらその時点であなたは泥棒だ。

ああ、服だけは好きにしていいとの仰せでしたので、残してありますからね」

親切のつもりなのか、妙にへりくだった口調に頭に血がのぼっていく。

「なお、この知らせは王都中にあるあらゆる商店や宿に伝わっています。ご存じかとは思いますが、王都でグラッセ家の世話になっていない店は殆どありませんからね」

どこまでもにこやかに語る従業員の言葉が頭の中でぐるぐるとまわる。

「馬鹿ね！　グラッセ家はもう破産寸前なのよ！」

ナタリーが調べた懐事情を考えれば、店に圧力や指示を出すだけの余裕なんてもうないのだ。

真実を知れば、彼らだって態度を改めるに違いない。

だが、従業員は軽く肩をすくめ、ナタリーに呆れきったような視線を向けた。

「口からでまかせを言って誤魔化そうとしても無駄です。グラッセ家はずっと安定した事業運営をされてます」

「そんなわけない、だって……」

だって調べたのだ。

噂だって聞いた。

レッドだって否定していたが、訳知り顔だった。

（……レッド？）

何かが引っかかる。

これまで疑問にすら感じていなかったなにもかもが、頭の中で一つの線になった。

（そうよ、全部……全部あの日からだわ）

すべてはレッドからはじまった。

レッドに出会い、商会で噂を聞き、彼からの手紙でナタリーはすべてを失った。

そして、レッドはナタリーの前から姿を消した。

すべてのピースが音を立ててハマっていく。

「だ、騙された……私、騙されたのよ!!」

「ほう。どなたにですか？」

「バートンを呼んでちょうだい！　全部、レッドが悪いんだって説明させて！　お願い、バートンを呼んでよ!!」

ナタリーに甘かったバートンのことだ。

謝れば全部許してくれるに違いない。

レッドに騙されたとわかれば、きっとすべてが元通りになるに違いない。

「残念ですが、バートン様はここには来ませんよ。ああそうだ、お手紙を預かっています」

ひらりと一枚の紙切れがナタリーに向かって投げつけられた。

地面に落ちたそれには「お前を絶対に許さない」と書かれてあった。

紙が破れそうなほどの筆圧に、彼の深い憎しみを感じ、首筋の毛が総毛立つ。

顔を上げれば、感情のない笑顔がナタリーを見ている。

「短い間でしたが、ご利用ありがとうございました」

バタン、と無情な音が響いて宿屋の扉が閉まった。

へなへなと地面に座り込んだナタリーは、バートンからの手紙が風に飛ばされていくのをただ呆然と眺めることしかできなかった。

＊＊＊

城に戻ったマルクを出迎えたのは、ハチの巣をつついたような騒ぎだった。

「マルク殿！　今までどこにいたんですか！」

駆け寄ってきた部下の姿に、マルクは気まずそうな表情を浮かべる。

「いや、実は少々やっかいな調べごとをしていて……一体何があったんだ」

「何があったじゃないですよ。大変なんです、殿下が調印式の場で倒れたんです」

「何だと!?」

マルクは思わず大声をあげた。

まだ何の仕掛けもしていないのに、どうしてセルヒオが倒れるのか。

「最初は酒に酔って倒れたと騒ぎになったんですが、どうも後から違うようだということがわかって」

「酒？　殿下は殆ど嗜まれないだろう？」

「そうなんですが……隣国の皇太子が、酒の匂いがすると指摘したことで貴族たちは殿下の失態だと思い込んで大変な騒ぎでしたよ。しかも、観衆の前で、その、嘔吐まで……」

「……！」

あのプライドの高いセルヒオが人前で吐くなど信じられない。

たとえ酒や病が原因だとしても、正気ではいられないほどの体験だっただろう。

同情と共に、ざまあみろという思いがマルクの心に広がる。

「意識を失った殿下を医師が診察したところ、嘔吐物の中から薬物が見つかりました。常用すると精神に異常をきたす依存性の高い薬草ですよ」

「ああ、あの取り締まり対象の薬物か……殿下はそれを嗜んでいたと？　そんな気配はなかったが……」

「はい。医師もそう言っていました。それで、殿下のまわりを調べたら」

そこまで言って部下は言葉を止めると、周囲を見回した。

「なんと王太子妃殿下の持ち物から、その薬草が見つかったんです。どうやら、殿下に飲ませていたようで……」

驚きで言葉を失ったマルクに、部下はなお言葉を続けた。

「それだけじゃないんです。マルク殿はご存じかと思いますが、五年前のベルシュタ公爵家令嬢の追放にもどうやら関わっていたようで……王太子妃殿下は既に投獄されています」

「なっ……！　どういうことだ！」

「詳しくはわかりませんが、公爵家が再調査を申請したそうです。その中で、関与の証拠が見つかったとか……って、マルク殿!?　どちらへ！」

背中にぶつけられる部下の声を無視し、マルクは走りだしていた。

一刻も早く真実を確かめねばならない。

（どういうことだ。リーナの冤罪に、ミレイアが関わっていた？　意味がわからない）

あの頃、ミレイアはただセルヒオに甘えきった小娘でしかなかったはずなのに。

王城の地下にある牢獄《ろうごく》に向かえば、部下の言葉通り牢に入れられたミレイアがいた。

ドレス姿のまま石床に座り込み、膝を抱え身体を丸めている。

息を切らせて現れたマルクに、看守が怪訝《けげん》な視線を向けた。

「近衛騎士殿がどのような御用で？」

「王太子妃殿下が囚われたと聞いて……その、本当なのか？　彼女が、五年前の件に関わっていると……」

「我々は指示通りに見張っているだけですので詳しくは知りませんが」

「そ、そうか……少し、王太子妃殿下と話をしてもいいか？」

看守は嫌そうな顔をしたが止める理由もないと判断したのだろう。

静かに頷いて、マルクを牢の前まで通してくれる。

鉄格子の向こう側で、ミレイアは力なく石床に座り込んでいた。

「王太子妃殿下、聞きたいことがあります。あなたは……」

「……なさい」

「え？」

「ごめん、なさい、リーナ様……ごめんなさい、リーナ様」

頭に血がのぼる。

なぜお前が、リーナの名前を口にするのか。

どんな大罪を犯したのか。

今すぐ掴みかかりたい衝動を抑えつけ、マルクは再びミレイアに呼びかけた。

「ミレイア様、あなたはリーナ様に何をしたのですか」

冷静に尋ねたつもりだったが、声に滲む怒りは抑えきれなかった。

俯いていたミレイアがゆるゆると顔を上げ、マルクを見る。

剥げた化粧、泣きはらして真っ赤に腫れた目元。

惨めで無様な姿のミレイアは、マルクをぼんやりと見つめる。

「……私は何もしていないの。ただ、手紙を書いただけなの。そうであって欲しいと願いを込めて手紙を書いただけなの」

「手紙？　手紙とは何ですか？　リーナ様からの手紙のことですか」

リーナからの手紙、という言葉にミレイアの方が憐れなほどに震えた。

がたがたと全身を震わせ、自分身体をきつく抱きしめている。

「ああ……！　ごめんなさい、ごめんなさい、ごめんなさい！」

床にうずくまるようにしてミレイアは再び泣きじゃくりはじめた。

これ以上話を聞いても無駄だとわかる。

叶うならば、牢の中に入り込んで何もかもを聞き出してしまいたかったが、看守の目がある今は無理だろう。

マルクは踵を返し、その場から離れる。

「話は終わったのか？」

「ああ」

何か聞きたそうな看守を無視し、マルクはセルヒオの元に急ぐ。

セルヒオは城の奥にある居住区の一室で眠っていた。

同僚や部下たちに長く不在にしていたことを詫びながら話を聞けば、最初に会った部下が教えてくれたことと同じ程度のことしかわからなかった。

台なしになった調印式に気分を害した隣国の皇太子は既に城を下がっていて、借り上げている屋敷に戻っているらしい。

城中に、今回の二国間協議は、このまま失敗に終わるのかという不安が漂っているのがわかる。長く時間をかけて準備をしてきた事案だったこともあり、貴族たちの落胆は酷いもののようだ。

王家の威信が崩されたと言っても過言ではないだろう。

「殿下の様子は」

「まだ意識は戻らない。時折、うわごとを言っているがはっきりしない」

「そうか」

同僚たちは言葉を濁していたが、セルヒオの容体はかなり悪いらしい。

飲まされた薬草は大量に摂取すれば、何らかの後遺症をもたらすとして有名だ。

ミレイアがどんな意図を持ってどれほど飲ませたのかはっきりしない以上、今は待つことしかできないのだ。

（俺が手を下すまでもなかったのかもな）

リーナの無念を晴らすためにセルヒオの腕の一本でも奪ってやろうと考えていたマルクだったが、この状況ならばそれ以上のダメージが残るに違いない。

肩透かしを食らった気分ではあったが、胸のつかえは少しだけとれていた。

（しかし予想外だった。あの事件にミレイア本人が関わっていたとは……）

余計なことをしてくれた、とマルクは奥歯を噛みしめる。

マルクは、かつての事件について解決するつもりはなかった。

リーナを襲った悲劇は自分だけが知っていればいい。

憐れむのも、死を悼むのもマルクひとりだけの特権だったはずなのに。

（まあいい。この解決に尽力し、俺が彼女を愛していたということを世に知らしめるのも悪くはないだろう）

静かに計画を練り直していたマルクの横で、同僚が深いため息をこぼした。

「しかし、ここ最近の殿下はどこかおかしかったからな。文官に妙な手紙について調べさせたり、俺に五年前の事件を調べさせたりと妙なことばかりだった。それも薬のせいだったのか」

「なっ……お前、今何と言った！」

「わぁ！　何だよ急に」

マルクは思わず同僚に掴みかかっていた。

「今、五年前、と言ったか？」

「ああ。当時の交友関係などを調べて欲しいと言われて動いていた」

手紙について調べていたことはインクの購入者を探していた文官の姿から察していたが、まさか五年前のことについてまで調査をしていたとは思わなかった。

リーナから届いた手紙に、何か書かれていたのだろうか。

(俺ではなく、セルヒオに何かを託したのか、リーナ)

「それであの時に追放された公爵令嬢は冤罪ではないか、という疑いが浮き上がったんだ。ほぼ同時期に公爵家から再調査を求める声もあがっていたから、ちょうどよかったよ」

「そう、なのか……」

「一番驚いたのは王太子妃殿下のことさ。聞いたか？　王太子妃殿下、自分を襲った男子生徒と文通していたんだ。しかも、公爵令嬢の筆跡を真似て」

「どういうことだ……？」

「なりすましだよ。公爵令嬢が男子生徒に想いを寄せているような文面の手紙を送り続けてたんだ。結局、それに踊らされて事件を起こしたらしい。まさか、自分の手紙が原因で襲われるとまでは思っていなかったろうがな」

ばらばらだった過去の事件が形を変えてまとまっていく。

泣きわめいていたミレイアが手紙を書いたと言っていたのはそのことだったのか。

「それだけじゃない。公爵令嬢の悪評を振りまいていたのは、当時彼女の友人だった伯爵令嬢だったとの情報もある。詳しいことはこれからの再調査でつまびらかにされるだろうが……女は怖いものだ、友人のふりをして裏では蹴落とそうとしてたなんて」

つい先ほど、街中で偶然出会ったナタリーの顔が思い浮かぶ。

冷たい言葉でリーナを過去だと切り捨てたナタリーもまた、あの事件に関わったひとりだったのだ。

「その伯爵令嬢だが、どうやらヘマをして今の婚約者から捨てられたらしい。つい先ほど、婚約解消の申請が出されたそうだ。因果応報なのかもな」

「……何だと……？」

ひやりと首筋を冷たいものがつたう。

（こんな偶然があるのか？　いや、まさか）

セルヒオ、ミレイア、ナタリー。

状況こそ違え、リーナから手紙を受け取った三人に訪れた不幸。

あまりにもできすぎている。

この五年、何も起きなかったのに、手紙を合図に歯車が動きだした。

「おい、顔色が悪いぞ？　大丈夫か？」

「……すまない。少し休んでくる」
心配そうな同僚を振り切り、マルクはのろのろとその場を離れる。
心臓が嫌な具合に脈打っていた。
(確かめなければ。でもどうやって……？)
頭に浮かんだのはリーナの父であるベルシュタ公爵の顔だ。
今起きているすべてが周到に用意された復讐ならば、犯人は公爵以外にありえない。
無実の罪を着せられ死んでしまったリーナの無念を晴らそうとしたのなら。
(俺も、復讐されるのか？)
公爵に罵られた瞬間のことを思い出す。
彼の理論ならば、マルクはリーナを見殺しにした側だろう。
(誤解を解かなければ)
懐にしまったリーナの遺髪に手を当てる。
(公爵は調印式の場に来ていたという。まだ、城に残っているかもしれない)
今度こそ、公爵にリーナへの思いを認めてもらわなくては。
その一心でマルクはその場から駆け出していた。

＊＊＊

どこかの部屋の中。

目隠しをされたセルヒオは、身動きひとつとれない状態でベッドに縛りつけられていた。

「この薬が完全に抜けるまでは、殿下には水しか飲ませないでください。刺激を与えてはいけませんので、目隠しはこのまま。暴れる可能性があるので、決して固定具を外さないように」

少し遠くで話す声は医師のものだろうか。

大丈夫だと言いたいのに、口にも布を噛まされておりくぐもった声しか出せない。

物音がして部屋の中から人気がなくなったのがわかった。

目も見えず口もきけず動くこともできない。

果てしない孤独に心が押し潰されそうになる。

(どうしてこんなことになったんだ。私は何をした?)

観衆の前で無様な姿をさらしたことだけはわかる。

思い出そうとするだけで、叫びだして暴れたくなるほどの羞恥心に襲われるが、固定されているため惨めに身体を揺らすことしかできない。

(調印式はどうなった? フェリクスはどうしてあんなことを言ったんだ?)

何もわからなかった。

とにかく苦しくて辛くて、いっそ死んでしまいたいとさえ思う。

（ん……？）

不意に部屋の中の空気が動いたのが伝わってきた。

誰かが入ってきたのだろうか？　鼻腔をくすぐる甘い香りには覚えがある。

「セルヒオ」

（母上……！）

耳を撫でる声は、王妃のものだ。

不覚にも安堵で涙が滲む。

「思ったよりは大事ないようですね」

自分を案じてくれる王妃の声が、心に染み渡るようだった。いつも厳しい王妃が、心配して来てくれた。

喜びに心を浮かせかけたセルヒオだったが、続けて聞こえた王妃の言葉は、決して優しいものではなかった。

「残念です。いっそ、意識など戻らなければよかったのに」

（……え？）

ベッドがわずかに揺れる。

近くなった声と香りに、どうやら王妃が腰掛けたらしいことがわかった。

「セルヒオ。あなたがもっと賢ければ、こんなことにはならなかったのですよ」

淡々とした王妃の声に、セルヒオは混乱する。

「どうしてあんな娘の言葉に騙され、リーナを捨てたのですか？　もしあなたがリーナを選んでいれば、私はずっとあなたの母でいてあげたのに」

（何を言っているんだ母上！）

問いかけたいのに、口を塞がれているせいでくぐもった音しか出せない。

「本当に憎らしいほど陛下そっくり。母親に似なかったのが唯一の救いだわ」

王妃の冷たい手が、セルヒオの額に触れた。

滅多に頭を撫でてくれることがなかった王妃に触れられている。喜びよりも緊張が勝り、拘束されている手のひらがじわりと汗をかく。

「セルヒオ。あなたはね、陛下がメイドに産ませた子なの。私は、あなたの母ではないのよ」

まるで、食事の献立を説明するような淡々とした口調だった。

「陛下は、せっかくの男子だから私が産んだことにして育てろと言ったのよ。嫁いできてたったの一年の私に。この屈辱がわかりますか？」

だんだんと強まる語気に、セルヒオは唸ることもできなかった。

自分の出自にまつわる秘密を知った衝撃で、ただでさえぼんやりとしている思考が朦朧《もうろう》としていく。

「私は結局、男児を産めなかった。だから私はリーナをあなたの婚約者にと据えたのです。リーナはね、私の親友が命がけで産んだ大切な命だったの。せめて彼女の血筋を王家にと願ったのに。なのにお前は！」

したたかに頬を打たれる。

痛みはない。だがそれ以上の衝撃がセルヒオを襲っていた。

「今更悔いても遅いのは私も同じです。リーナを婚約者になどするのではなかった。もっと早くに自由にしてあげればよかった。そうすれば……私の娘はあんな目に遭わなかった」

震える声で王妃が憐れむのはセルヒオではなく、リーナのことばかりだ。

（ああ）

虚しさがセルヒオの中を満たした。

手にするはずだった幸せを、セルヒオは自分で手放したのだと知ってしまった。

リーナを信じていれば、王妃は本当の母になってくれたのだろう。

王妃はリーナを娘と呼べる日を待っていたのだろう。

王妃が願った幸せな家族の姿が目に浮かぶ。

叶わなかった幻が、瞼の下で弾けて消える。

「命までは奪いません。ですが、あなたはもう王太子ではいられません。次の王座は、姫たちのどちらかが継ぐでしょう」

逆らう気など起きなかった。

もう何もかもどうでもいい。

「さようならセルヒオ。どうか、よい夢を」

王妃の声を遠くに聞きながら、セルヒオは夢なのか現実なのかわからぬ暗闇を漂っていた。

＊＊＊

冷たい石床がどんどんとミレイアの体温を奪っていく。

せめて敷物が欲しいと看守にねだっても、彼らは顔色ひとつ変えずに首を横に振っただけだった。

（どうして。どうしてなの。あと少しだったのに）

泣きわめきすぎて疲れ切ったせいで、まともに喋ることすらできなくなっていた。

床に貼りつくようにして倒れていることしかできない。

「食事だ」

看守の声がして、牢の入り口が開いた。

誰かが食事を運んできてくれたらしい。

「……無様ですね」

「……！」

聞き覚えのある声にはっとして顔を上げればルーシュがそこに立っていた。

メイド服ではなく、落ち着いた色のドレスを身にまとっている。

幻だろうかと目を瞬かせるミレイアの前に、ルーシュは粗末な食事がのせられたトレイを置いた。

「どうです、信頼していた人間に裏切られた気分は」

「っ、ルーシュ、あなた！　むぐっ！」

どうしてあんな嘘の告発をしたのか。

そう叫ぼうとしたミレイアの口を、ルーシュの手が押さえた。

明らかに問題のある行動なのに、看守たちはなぜか何も言わない。

「どうして私がこんなことをしたかわかりますか？　わからないでしょうね？　あんたはいつも被害者ぶっていたから」

「んんんっ!!」

「あんたはリーナ・ベルシュタに謝ってばかり。でも、本当に謝罪すべき相手は別にいることを忘れてしまったの？」

（何のことなの。一体、あなたは誰なの!?）

泣きたいほどの恐怖に震えながら、ミレイアはルーシュを見つめた。

「馬鹿なあんたに教えてあげる。私の兄は、あんたのせいで死んだのよ」

口を押さえているルーシュの手に力がこもり、頬に爪が突き刺さる。

「あんたが嘘の手紙を書いたせいで、兄さんはあんな事件を起こしてしまった。いっそ、兄さんに殺されればよかったんだ」

兄さん。

その言葉に、一人の青年の顔が浮かんだ。

憎しみに満ちた表情で睨み付けてくるルーシュに、その面影が重なる。

（そんな……）

ミレイアはようやくルーシュが誰なのかを理解した。

五年前、いつわりの手紙に踊らされ、ミレイアを襲った男子生徒。

彼と目の前のルーシュはまったく同じ表情をしている。

リーナを信じたまま獄中で自死した彼の家は取り潰しになり、その妹は遠縁に引き取られたという記憶が蘇った。

「兄さんの遺品から手紙を見つけた時は、リーナ・ベルシュタを恨んだ。でも公爵邸に訪ねていって、あの手紙が偽物だってすぐにわかったんだ。だから、私はあんたに近づいた。あんたの文字が欲しかったから」

にい、っと微笑むルーシュの表情は楽しげだった。

「あんたのお姫様ごっこに付き合うのは、なかなかに楽しかったよ。こうやって見下ろす日が待ち遠しかった」

「ああっ！」

ルーシュの手がミレイアの顔を突き飛ばすようにして解放する。

「せっかくだから教えてあげる。あの店はね、あんたのためだけに特別に用意した場所だったんだよ。ほんの少し冷静になってきちんと調べれば、あんな店が存在しないことくらいわかったのに。本当に馬鹿な女」

「そんな……騙したのね！」

「全部あんたが兄さんにしたことよ」

体勢を崩し、床に倒れ込んだミレイアをルーシュが冷たく見下ろした。

「さようならミレイア様。どうかお元気で。ああそうだ、あんたの父親だけど、王家の宝を勝手に売りに出した罪で同じように捕まってるよ。いくら金が欲しいからって、受け取った宝石をそのまま売るなんてね。馬鹿なところは、親子そっくりね」

返事をする気力すらなかった。

（どうして）

声にすらならなかった問いかけに答える者は誰もいない。

ルーシュが出て行き、牢の入り口が再び閉じる。

施錠の音が無情に響くのを聞きながら、ミレイアはただはらはらと涙をこぼし続けていた。

＊＊＊

鞄を引きずるようにしてナタリーは街道を歩いていた。

宿屋を追い出され、逃げるようにしてその場を離れた。

既にずいぶんと長い間歩き続けているが、まだ実家までかなり距離がある。

「どうして私がこんな目に遭うのよ!!」

ヒステリックな叫びに、すれ違う人々がぎょっと目を見開く。

空がうっすらと茜《あかね》色に染まりはじめている。

はやく戻らなければ夜になってしまうだろう。

ヒールで歩き続けたせいで足が痛い。

どんどんと人気がなくなり、寒さと悔しさで泣きそうだった。

「お、お、おじょうさま……！」

「！」

突然背後からかけられた声に、ナタリーは振り返る。

「お前、何で！」

そこに立っていたのはバートンの屋敷の馬丁だった。

レッドとの手紙を橋渡しし、宝石を運ばせた男。

「っ……この愚図！　あんたのせいで！」

もしこの馬丁がもっと賢ければ、レッドの手紙になど騙されなかっただろう。

理不尽な怒りに身体を震わせながら、ナタリーは腕を振り上げ、馬丁の肩を叩く。

「す、すみません、お、お、おむかえが、おそくなって」

「は？　何を言って……まさか」

馬丁の言葉にナタリーはぱっと表情を明るくさせる。

（もしかしてバートンが私を探させていた？　さっきのはただの脅しで、本当は怒ってなかったってこと？）

光明が差した思いで馬丁を見上げたナタリーだったが、のぞき込んだその顔を見て身体を強ばらせた。

「お、お、おれ、おじょうさまをだいじにしますから、ね」

にたりと笑う馬丁の瞳は、熱に浮かされたように蕩《とろ》けている。

その熱に含まれるものが何かをナタリーはすぐに察せられた。

「何を言っているのお前！　どこかおかしいんじゃないの！」

「だ、だって、てがみ、くれたじゃないですか、おれ、を、あいしてる、って」

「はあ!?」

「おれ、じが、よめないから、よんでもらった、赤いかみの人にさ。へんじがかけないっていったら、かわりにかいてくれた」

さぁっと血の気が引いていく。

レッドに宛てた手紙を、この馬丁は自分宛だと思い込んでいる。

「いきましょう、おじょうさま」

「ひい!!」

馬丁の腕がナタリーを捕らえ、軽々と持ち上げる。

悲鳴をあげる前に口に布を押し込まれ、逃げる間もなく巨大な麻袋に放り込まれる。

（いや！　いやよ！　誰か助けて!!　誰か……！）

どんなに暴れても逃げ出すことはできない。

呼吸がままならず、どんどんと意識が遠のいていく。

（どうしてわたしが……！）

誰よりも幸せで輝く人生を手に入れるはずだったのに。
誰からも羨まれる人間になりたかっただけなのに。

＊＊＊

（いた……！）
城の裏庭に公爵の姿を見つけたマルクは、すぐさま傍に駆け寄ろうとした。
だがその横に立つ人影を見つけ、足を止める。
（……！　なぜ、あの方と!?）
公爵の横にはひとりの女性がいた。
遠目からでもわかる神々しいほどの美しさをたたえたその人は、王妃だった。
（どういうことだ……？）
気配を殺しながら、マルクは彼らの方に近寄る。
「すべて終わったようですね」
「ええ。多少悔いは残りますが、もう十分です」
（何の話をしてるんだ。くそ、よく聞き取れないな）
王妃と公爵はすっきりとした顔で親しげに言葉を交わしている。

ふたりが懇意にしていたなど、マルクは聞いたこともなかった。

「今、あの子はどうしていますか？」

「ずいぶん落ち着いたようですよ。また会いに行ってやってください」

「もちろん。今度も果物を届けると伝えておいて」

「ああ、きっと喜ぶでしょう。あの子は、昔から果物が好きだったから」

柔らかな顔で微笑む公爵の姿に、マルクは息を呑む。

公爵があんな顔をして「あの子」と呼ぶ相手は一体誰なのか。

「しかし皇太子殿も人が悪い。あんな追い打ちまでかけずともよかったのに」

「いいではありませんか。彼も腹に据えかねていたのでしょうから」

（皇太子……？　隣国の皇太子のことか……？）

「もう彼は屋敷に？」

「ええ。今頃は、あの子に甘えているかもしれませんな」

笑い合うふたりの声を聞きながらマルクは今来た道を駆け戻っていた。

盗み聞いた会話を頭の中で何度も繰り返す。

導き出される答えを想像するだけで、どうにかなってしまいそうだ。

気がついた時には、馬に飛び乗っていた。

馬を走らせながら、マルクは必死に祈っていた。

どうか、すべてが杞憂であるようにと。

この胸に抱く髪と位牌こそが、リーナなのだと証明させて欲しいと。

「はっ、はっ、は……」

馬から飛び降り、呼吸を乱しながら皇太子が滞在している屋敷へと近づく。

正門には護衛兵がおり、近づくのが躊躇われた。

どこか入り込める場所がないかと、周囲を取り囲む塀を辿るようにして歩き回る。

「あ……」

壁が消え代わりにフェンスで囲まれた裏庭が目に入った。

均一に刈り込まれた芝生と、手入れが行き届いた花壇。まるで絵に描いたように美しい庭に、ひとりの女性が佇《たたず》んでいる。

少しくすんだ栗色の髪を風になびかせ、青いドレスに身を包み優雅に歩く姿に、マルクは目を奪われた。

白い肌、小さく赤い唇、美しい青い瞳。

髪の色こそ違うが、見間違えるわけがない。

「リーナ」

呼びかけに応えるように彼女は足を止め、振り返った。

そして花が咲いたような笑みを浮かべ、軽やかに駆け出す。

ほっそりとした身体が、たくましい腕に優しく抱き留められた。

「走ってはダメじゃないか。大切な時期なんだぞ」

「大丈夫ですよ。フェリクス様は本当に心配性ですね」

くすくすと笑う声は、鈴を転がしたような心地よい音色だ。

「あ……ああ……」

マルクは目の前の光景を受け止めきれず、苦しげに喘ぐ。

(何で、何でだ、何でなんだリーナ)

黒髪の男がリーナの肩を抱き、愛おしそうにその腹を撫でた。

リーナは微笑みながら、その腕に身体を預けている。

見つめ合うふたりの間に流れる甘い空気に、マルクは叫ぶことすら忘れ立ち尽くす。

フェンスの向こうはまるで別世界だ。

(違う。これは幻だ。そこに立つべきは俺だ。俺なんだ)

マルクはフェンスをつかみ、声の限りリーナを呼ぼうとした。

「夫婦の時間を邪魔するなんて、野暮な男だね」

背後に人の気配を感じたのと同時に、喉に激しい痛みが走る。

「ッカ……」

首を剣で貫かれたと気がついて、マルクは振り返ろうとするが、背中を足で踏みつけられ動けない。

「残念ながらお前さんはここでおしまい」

どこか間延びした陽気な声の主が、ゆっくり剣を引き抜いた。

噴き出した血がフェンスと地面を汚していくのが見える。

「陛下はお前さんに対して一番憤ってたよ。愛してたくせに助けなかった屑《くず》だってね。俺もそれは同意だ」

ひゅうひゅうと掠れた呼吸音と共に血を吐きながら、マルクは襲撃者の姿を確かめようと必死で首を捻る。

「屑にはきちんと退場してもらわないとね」

燃えるような赤と白銀の煌《きら》めきが視界を染めた。

（リーナ）

崩れ落ちながら視線を向けたフェンスの向こうでは、美しいリーナが幸せそうに笑っていた。

どうして手に入らなかったのか。

何を間違えたのか。

その答えを知らぬまま、マルクは静かに地面に沈んでいった。

六章　報復のはじまり

「今、何か聞こえませんでしたか？」

不思議そうに周囲を見回すリーナに、フェリクスは眦を下げる。

「風の音だろう」

「そうですか？」

うーんと納得していない様子で首を捻る仕草さえも愛らしい。

青いドレスの胸元には、フェリクスが求婚のときに渡したオニキスのブローチが輝いている。

華奢な身体をさりげなく抱き寄せ視界を遮りながら、フェリクスは裏庭を囲むフェンスの向こうに視線を向ける。

そこには剣先をマントで拭うレッドの姿があった。

(早く片づけろ)

目配せでそう告げれば、レッドは演技がかった仕草で頭を下げた。

すぐさま何人かの兵士が音もなくレッドの傍に駆け寄ってきて、今しがた切り捨てられた男の身体を運んでいくのが見えた。

(血のにおいが消えるまで、裏庭は立ち入り禁止だな)

「風が冷たくなってきた。そろそろ中に戻ろう」

「はい」

リーナの肩を抱いたフェリクスは、その身体を労るようにして建物の中へと移動を促す。

触れた手のひらで感じる、柔らかくあたたかな体温に心の中までが温められていくような気がして、つい頬が緩んでしまう。

（愛しいリーナ。君だけが、俺の光だ）

幼い頃、フェリクスは自分が皇族だということを知らなかった。

生みの母は物心つく前に病で亡くなり、父親もフェリクスが八歳になる前に流行病で命を落としていた。

親のいない子どもが集められた教会では、身体が小さかったこともあり周りの子どもたちからさんざんに虐げられた。

その頃のカルフォンは貴族ばかりを優遇し、貧しい者たちには殆ど手が差し伸べられなかったのだ。

生きることに必死な大人たちは弱い子どもに手をかける暇などなく、フェリクスはいつだって奪われる側で生きていた。

生き延びられたのは、小さいくせに無駄に頑丈な身体をしていたことと、父によって仕込まれていた知恵があったからだ。

成長につれて背が伸び身体が大きくなったことで、これまで奪う側だった連中に報いを受けさせることができるようになったが、力で殴り返したところで気持ちは晴れなかった。

どこにも居場所がない。誰からも必要とされない。

空しいだけの人生に何の価値があるというのか。

十二歳になったフェリクスは、教会を逃げ出しひとりで生きることを選んだ。

幸いにも父が幼い頃から文字や数字を教えてくれていたため、世の中に馴染むのにそう時間はかからなかった。

腕っ節だけでのし上がれる傭兵に身をやつし、仕事を選ばず戦い続けた。

生きているのか死んでいるのか自分でもわからない日々。

そんな運命が大きく変わったのは、五年前のことだった。

フェリクスは、荷物を運ぶ商人の護衛としてコロムを訪れていた。

コロムとカルフォンは長く国交が途絶えていることもあり、二国を繋ぐ細い街道付近には盗賊が多く、護衛任務は珍しくなかった。

無事に荷物を運び終え帰国するための旅路の途中、盗賊に襲われた。

相手があまりに大勢だったせいで、状況は劣勢。護衛対象だった商人はフェリクスを囮《おとり》にし逃げ出したのだ。

多勢に無勢の中、必死に剣を振るいなんとかその場から逃げることはできたが、森の中で動けなくなってしまった。

血に濡れた地面に倒れ込んだフェリクスは、死を覚悟した。

なんと無様な終わりだろうかと、笑いすらこみ上げてきたくらいだ。

後悔も悲しみもない。

ようやく終わるのだという安堵すら抱いていたように思う。

だが。

「大丈夫ですか!?」

この場に似つかわしくない声が鼓膜を撫でた。

血のにおいをかき消すような、優しい花の香り。

かすむ視界でなんとか捉えたのは、きらきらと輝く白銀の糸のような髪をした細身の女性だった。

「大変……！　盗賊に襲われたのね」

真っ白な手が汚れるのも厭《いと》わず、彼女はフェリクスの頬や髪にふれ、労るように背中を撫でてくれる。

それはフェリクスにとって初めて触れた家族以外の人の慈悲だった。

「今すぐ人を呼びます。待っていて」

駆け出していく後ろ姿に、行かないで欲しいという衝動が湧き上がるが、痛みと出血のせいでそのまま気を失ってしまった。

次にフェリクスが目を覚ましたのは、寂れた小さな教会だった。

彼女は本当に人を呼んできて、フェリクスをここに運んでくれたのだった。

「ここは、行き場のない子どもや私のようなワケありばかりなんですよ」

そう言って笑った女性は、リーナと名乗った。

こんな辺境にいるのが信じられないほどに美しく上品な彼女は、何か理由があってこの教会で暮らしているという。

リーナはいつも笑顔を絶やさず、教会で暮らす人々からとても慕われているのがわかった。

この教会はかつてフェリクスが育った教会のような力による上下関係などなく、皆がお互いを支え合うような優しい空気に満ちている。

その中心にいるのはいつもリーナだった。

彼女がいる場所だけ光で溢れているように見えた。

言葉遣いや所作は洗練されていて、生まれは貴族階級であることがわかる。

どうしてこんなところに、という質問はできなかった。

リーナもまた、明らかに事情を抱えたフェリクスに何も質問しなかった。

傷のせいで熱に苦しむ夜はずっとつきっきりで汗を拭い、膿《う》んだ傷を嫌な顔ひとつせず洗ってくれた。

死の淵にいたフェリクスを助けたのは、間違いなくリーナの献身だ。

起き上がれるようになれば、今度は教会で暮らす子どもたちが次から次にフェリクスに話しかけてくるようになった。

数人のシスターとリーナを除けば、子どもしかいないこともあり、若い男性であるフェリクスがもの珍しかったのだろう。

小さな子どもたちが見舞いだと花や木の実を届けてきては、外の話を聞きたがった。

煩わしいと思うこともあったが、無邪気で明るい子どもたちと過ごす時間は、これまでの人生で一度たりとも味わったことのない感情を与えてくれた。

「フェリクスさんはまだ怪我人なんですから、静かにしなきゃダメよ」

「はーい！」

食事を届けにきたリーナに注意をされ、子どもたちが部屋から飛び出していく。

さっきまであんなにうるさかったのが嘘みたいに静かになってしまった。

「ごめんなさい。ここに人が来るなんてめったになくて」

「別に構わない」

もっと気の利いた返事ができればいいのにと思う。

だが、これまでろくに人と関わらずに生きていたフェリクスは、どんな会話をすればいいのかわからなかった。

「まだ傷は塞がっていませんから、無理はしないでくださいね」

優しい声と笑顔を向けられる度に胸の奥が苦しくなる。

ここにずっといたいのに、同時に逃げ出したくてたまらない。

矛盾した気持ちの理由がわからないまま、フェリクスは黙り込むしかできなかった。

助けられてから数週間が過ぎ、動けるようになったフェリクスは、助けてもらった分は働くと、教会の仕事に手を貸すようになった。

怪我人にはと遠慮をみせていたリーナたちだったが、足りない男手を補うフェリクスに素直に頼るようになるまでに、そう時間はかからなかった。

「ありがとう、フェリクス」

壊れていた塀や屋根を直したり獲物を狩ったりと、これまでの傭兵時代に比べれば些細な仕事ばかりなのに、リーナや教会に暮らす人々はいつだってフェリクスに感謝を示してくれる。

くすぐったくて、なぜだか泣きたくなった。

リーナとの距離はずっと変わらぬままだったが、ふとした時に視線が重なる度、胸の奥が熱を帯びた。

それが、どんな意味をもつ感情なのかフェリクスはわからなかった。

気がつけば半年ほどが過ぎていた。

辺境の寂れた教会にもかかわらず、金に困った気配はなく、食うに困ることもない。

しかし土地柄もあるのか人手が足りずに、粗末な暮らしになっていたようで、フェリクスのおかげで生活がずいぶんよくなったとみんなが喜んでいた。

子どもたちと関わることにも慣れ、柄にもなく絵本だって読んでやるようになった。

「お兄ちゃんが、ずっとここにいてくれればいいのに」

何気ない言葉だったが、それもいいかもしれないとフェリクスは思った。

ずっとここで、リーナと一緒に子どもたちを守って生きていけたなら。

はじめて芽生えた、人生の希望。

そんな矢先、フェリクスの運命を大きく変える出来事が起きた。


ある日の昼下がり。

めったに人の来ない教会に、数名の武装した男たちがやってきたのだ。

盗賊の類いかと剣を持って駆けつけたフェリクスを待っていたのは、黒髪の痩せた男。

顔色は悪く、立っているのもようやくなのが見てわかる。

左右を守るように支えている男たちがいなければ、すぐにでも倒れてしまいそうだ。

「本当に、よく似ている」

痩せた男の言葉に、フェリクスは息を呑んだ。

不気味なほどの既視感。

男の顔は、他人のそら似では済まされないほどにフェリクスによく似ていた。

「あんたは……」

「私は君の大叔父にあたる男だ」

「大叔父、だと……？」

まさか自分の血縁が生きているとは思っていなかった。

存在したとしても、わざわざ訪ねてくるなど想像したこともない。

「ずっと探していた、と言っても信じてもらえないだろうな」

目を細め、何かを悔やむような表情を浮かべたその男はフェリクスに頭を下げた。

「頼む。話を聞いて欲しい」

男の周囲にいた他の男たちが、ざわめく。

その様子に、この男は人に軽々しく頭を下げてはいけない立場の人間だと悟った。

着ている服も上等で、おそらくは貴族だろう。疑問は尽きないし厄介ごとの匂いしかしない。

もしリーナや子どもたちが巻き込まれたら。

考えるだけで、その場に立っていられないほどの恐怖が這い上がってくる。

自分のこと以上に、彼らが大切な存在になっていることをいやでも思い知らされた。

「フェリクス。お話だけでも聞いてあげたら？」

遠慮がちに声をかけてくれたリーナに促され、フェリクスは男の話を聞くことを選んだ。

「彼女も、一緒なら」

一瞬だけリーナに目を向けた男は、ほんの少しの逡巡《しゅんじゅん》ののち、深く頷いた。

そして知らされたのは、あまりにも衝撃的な自分の出自だ。

「フェリクス。君は、カルフォンの先代皇帝の孫。宰相によって命を狙われ市井に逃げ延びた皇女が、護衛との間に産んだ直系皇族だ。そして私は、その先代皇帝の弟だ」

情報の多さに理解が追いつかない。

「私は宰相の策略により戦場で命を落としかけ、姿を隠しながら療養していたんだ」

にわかには信じがたい内容ばかりだった。

騙す気なのではないかと疑いの眼差しを向ければ、彼は一通の手紙を差し出した。

「君の父は私の部下だった。誠実で、本当にいい男だったよ。彼は、自分が死の淵にいることに気がつき、私に手紙を送ってくれたんだ」

古ぼけた手紙の文字に、懐かしさがこみ上げる。

ほんの少し右上がりの文字は、フェリクスに字を教えてくれた父のものだ。

優しい父の記憶がおぼろげに蘇り、目の奥が熱を持つ。

男の、大叔父の言葉が嘘ではないことをわかってしまった。

「手紙を受け取った時、私はまだ死の淵にいた。君が劣悪な生活を送っていたのは知っている。ずっと足取りが掴めず、こんなにも時間がかかってしまった。すまない。君をずっと助けてやれなくてすまなかった」

深く頭を下げる大叔父に、フェリクスは何と声をかけていいのかわからなくなる。

「そんなことを言うために、俺を探しに来たのか」

「……違う。君に、助けて欲しくてここに来た」

「俺に何をしろと？　死にかけのあんたを守るために兵隊にでもなればいいのか」

皮肉を込めてそう告げれば、大叔父は緩く首を振った。

「いいや。もっと酷い頼みごとだ。どうか、カルフォンの皇帝になって欲しい。君に、あの国の未来を託したい」

「……！」

「知ってると思うが、もうカルフォンは限界だ。このままでは崩壊してしまう。どうか、祖国を守って欲しい」

「無茶な……！」

　荒唐無稽な話だ。いくら皇族の血を引いていても、フェリクスは平民として育ち傭兵をやっていた。国を率いる皇帝の器ではない。

「俺にそんな力はない」

「いいや。国民が求めるのは、正しい血統と人を率いる力だ。君にはそれが備わっていると私は思う」

「何を根拠に！」

「君の目は兄上によく似ている。私はこんな身体だ。もう長くはない。どうか、宰相から国を取り戻すために力を貸してくれ。あの男は巧妙な罠《わな》を張り巡らせ、私に刺客を送り、君の母上を脅かした。もしかしたら兄上も……」

「何でそんなことに」

「当時、宰相は君の母である皇女を妻にと望んだのだ。兄上はそれを拒否した。宰相の残虐さに気づいていたのだ。兄上は、なんとか皇女をこのコロムに逃がそうとしたが、この国の王は巻き添えになるのを恐れ、我が国を見捨てたのだ」

　フェリクスの隣にいたリーナがわずかに息を呑んだ気がした。

「金も兵士も集めた。後は、君という存在が必要なんだ」

「勝手なことを……！」

まっすぐに見つめてくる大叔父の視線に耐えきれず、フェリクスはその場から逃げ出した。

頭の中がぐちゃぐちゃだった。

「フェリクス」

「……リーナ」

追いかけてきてくれたのであろうリーナの姿になぜか泣きたくなる。

「なあ、俺はどうしたらいいと思う？　何をすればいい？」

リーナに聞くべきことではないとわかっていたが、問いかけずにはいられなかった。

今のフェリクスには他に頼れる人などいなかった。

「フェリクスは、どうしたいんですか？」

「わからない。俺はずっと泥にまみれて生きてきた。学もないし立派な人間じゃない。人の上に立つような強さなんてない」

「……そんなこと、ないと思います」

リーナの手がフェリクスの背を撫でる。

「あなたは強くて優しい人です。誰かを思いやって、気遣える人です。傍にいて、ずっとそう思ってました。きっと、立派な皇帝になれますよ」

「リーナ……」

「教養やマナーは学ぶことはできます。でも、品性や心は違う。どんなに取り繕っても、いつかはほころびが生まれてしまう。でも、あなたは違う。あなたは本当に素敵な人だもの」

花のように微笑むリーナの姿に、愛しさがこみ上げる。

ああ、自分はとっくの昔にリーナに心を奪われていたのだと、皮肉にもこの瞬間、はっきりと気がついてしまった。

命だけではなく、心までもが救われていた。

彼女が傍で笑っていてくれるなら、どんなことだってできる気がする。

背中に添えられていたリーナの手が離れていく気配に、フェリクスは慌ててその手を掴んだ。

「離さないでくれ」

「フェリクス？」

「どうか、俺の傍にいてくれ。君が、リーナが、俺を選んでくれるなら、俺は皇帝にだって何だってなってやる」

リーナの白い頬が一気に赤く染まる。

青い瞳がオロオロと揺れて、長い睫《まつげ》が伏せられた。

掴んだ細い腕が、細かく震えているのが伝わってくる。

「……俺が、嫌いか」

頼むから拒まないで欲しいと願いながら問いかければ、リーナは「まさか！」と首を振った。

「フェリクスは本当に素敵な人だわ。私にはもったいないくらいに」

答える声は何かに怯えるように震えていた。

「じゃあ……」

「でも、ダメなの。ダメよ、フェリクス」

「なぜだ……!!」

「……私は、罪人なんです。そして、あなたの敵に味方した国の人間です」

「な……」

「聞いてくれる？　私の愚かな過去を……」

リーナの正体は、このコロムの公爵家令嬢だった。

婚約者だった王太子の浮気相手を害し、権力を笠に着て横暴な振る舞いをしたとして国外追放を告げられた彼女は、父親である公爵の庇護により、この辺境の地に身を隠して生きているのだという。

「嘘だ。君はそんなことをする人間じゃない」

「……どうしてそんなことがわかるの？　猫を被っているだけかもしれないわよ？」

「わかるさ。この半年、ずっと君を見てた。君は、優しくてけなげで美しい人だ。嫉妬にかられて誰かを傷つけるような人間じゃない」

「あなたを騙しているのかも」

「違う。それとも……今でも、婚約者が好きなのか？」

胸を掻きむしりたいほどの嫉妬にかられる。

もしそうなら、その男の首をはねてやりたい。

「いいえ……彼とは親同士の約束で婚約しただけだから。信頼は、していたわ。一緒に生きていくんだって。殿下もそうだと思っていた。でも……」

「でも？」

青い瞳がゆるりと揺れて、大粒の涙が溢れた。

「でも、信じてくれなかったの。私は何もしてないって言っても、信じてくれなかった。私の言葉を聞いてもくれなかった」

震える声は、悲しみに濡れていた。

「殿下だけじゃない。友人たちも、先生も。誰も私を信じてくれなかった。悪女だと私を見捨てたの。ずっと頑張ってたのに。立派な王太子妃になるようにって、ずっと、私っ……」

「リーナ……！」

華奢な身体を引き寄せ、腕の中に抱きしめる。

震える声で苦しみを訴える声が、フェリクスの胸を刺す。

どれほど口惜しく、悲しかっただろうか。

過去に何があったのかはわからないが、リーナが苦しめられたことだけはわかる。

どうしてその時に傍にいてやれなかったのだろう。近くにいたら、どんな手段を使っても守ってあげたのに。

「俺と行こうリーナ。絶対に守ってやる」

「フェリクス」

「好きだ、リーナ」

小さな手が背中に回り、弱々しくしがみついてくる。

涙で濡れた声で告げられた返事に、フェリクスは抱きしめる腕の力を強くしたのだった。


大叔父の提案を受け入れたフェリクスは、リーナを伴いカルフォンへと向かうことになった。

国外追放になった公爵令嬢という危うげな立場であるリーナを伴うことを、大叔父は最初反対していたが、フェリクスにとっていかにリーナが大切な存在なのかを説明したことで納得してくれた。

リーナを秘かに支援していた公爵は、知らせを聞いて手放しで喜んでくれた。旅立ちの日、見送りに来て「幸せになりなさい」とリーナを抱きしめた公爵の目には涙が滲んでいた。

きっと、二度と親子として対面することは叶わないことを悟っていたのだろう。

王太子妃として教育を受けていたリーナの存在は、貴族としての生き方に疎いフェリクスの支えとなった。

よき教師として勉強に付き添ってくれるだけではなく、水面下で貴族たちを掌握し宰相を追い詰める計画を立てる時にも知恵を貸してくれた。

宰相たちを一掃し、大叔父が皇帝の座についた時には共に喝采をあげた。

もう絶対に手放せない。

フェリクスは政権交代の騒動に紛れ、リーナをカルフォンの貴族にする手続きを進めた。

大叔父の部下であり、よき友となってくれた騎士の家がリーナを養子に迎え入れてくれたことで、彼女は問題なく帝国の人間になった。

フェリクスはリーナとなんの障害もなく婚約。

そして、フェリクスが正式な皇太子に指名されたその日に、正式な夫婦となった。

美しい銀髪はどうしても目立つこともあり染める必要があったが、リーナは笑ってそれを受け入れてくれた。

「愛しい婚約者と新しい家族を得られたんですもの。髪の色くらい失っても平気だわ」

心から微笑むリーナはどこまでも気高くて、綺麗だった。

皇太子となり、国のために尽力する日々は、怖いくらいに満ち足りていた。

屋敷では愛しい妻が帰りを待っていてくれる。

これが幸せでないのならば、この世界に幸せなどないだろう。

だが、フェリクスは忘れてはいなかった。

――この国を見放したコロム。そしてリーナを苦しめた連中の罪を、必ず償わせる。

まるでそのタイミングを待っていたかのようにコロムの王太子から手紙が届いた。

護岸工事のために協力しないか、と。

かつてフェリクスの母を見捨てたくせに、ずいぶんと面の皮の厚いことだと思う。

躊躇う理由は完全に消えた。

コロムに間者を送り込み、リーナが追放されるに至った事件の詳細を調べ上げた。

王太子の傲りと無知、王太子妃となった娘の罪、親友の皮を被った伯爵令嬢の嫉妬と強欲、そして独りよがりの愛でリーナを苦しめた騎士の存在を知った。

醜くあさましい連中には制裁を与える必要がある。

しかし、その前にひとつだけ確認するべきことがあった。

「リーナ。君は、君を見捨てた連中を恨んではいないのかい？」

真実を告げるべきか迷っていたフェリクスは、ある夜リーナに問いかけた。

「そうですね……」

フェリクスの腕の中でまどろんでいたリーナは、少しだけ迷いながら首を横に振る。

「悲しく辛かったのは本当です。今も忘れられません。でも、彼らを恨んでも時間が戻るわけじゃない。それに……」

「それに」

「今の私にはフェリクスがいる。あなたに出会えたことで幸せになれたから、もういいの」

恥ずかしそうに頬を染めるリーナの笑顔に、胸が締めつけられた。

震えるほどの喜びに、涙が滲む。

「俺もだよ、リーナ」

苦しかった記憶はすべて捨てられる。

リーナという光があれば、もう自分の恨みなどどうでもいい。

だが、罪は償わせなければならない。

「なあ、リーナ。あれからもう五年も経ったんだ。彼らに手紙を書いたらどうかな。

君が、今幸せに暮らしていることだけでも伝えてやろう」

「そんなことをしてもいいのでしょうか？」

「いいに決まっている。もしかしたら、彼らは後悔しているかも。君からの便りが届くことで、前に進めるかもしれない」

「……フェリクスがそう言うなら」

「そうだ、義父上にも手紙を書くといい。ちょうど、コロムとの協議がはじまるんだ。君も一緒に連れて行こうと思っていたんだ。知らせてあげればきっと喜ぶ」

「いいのですか？」

「もちろんだよ」

「フェリクス様、ありがとう！」

抱きついてくるリーナをきつく抱きしめながら、フェリクスは薄く微笑んだ。

(思い知らせてやる。お前たちのしたことが、どれほど罪深いか)


報復の計画は驚くほど簡単に進んだ。

リーナが書いた手紙を公爵に託すのと同時に計画を伝えたところ、公爵は一も二もなく協力を申し出てくれた。

公爵もまたリーナを苦しめた王家の連中へ牙を剥く瞬間をずっと狙っていたらしい。

独自に集めていた証拠や証言を元に、真実を掴んでいたのだ。

知らせなかったのは、彼女が復讐を望んでいないことに気づいてたからだろう。

もうひとり協力者として加わったのは、あの事件で王太子妃を襲ったことで命を落とした男子生徒の妹。彼女は、王太子妃のメイドとして潜入し、やはり復讐の機会を待っているという。

そして舞台は整った。

はじまりの合図であるリーナの手紙をきっかけに、彼らは面白いほど愉快に踊ってくれた。

立場の不安定さを感じていた王太子は、リーナを利用しようと居場所と過去を探った。巧妙にばらまいたヒントを元に、彼は己の過ちに辿り着いた。

もしその時点で、過去を悔やみ公爵に詫びていれば、また運命は違ったのかもしれない。

だが、王太子は行動を起こさなかった。それ故、欲に溺れた王太子妃によって、薬を盛られ、今や身体に重篤な後遺症を残すことになった。

自らの幼さと未熟さを棚に上げていた王太子妃も、贖罪《しょくざい》の機会を自ら手放した。

リーナの手紙で目を覚まし、王太子や王妃に謝罪していれば。自分が陥れてしまった男子生徒に心から詫びていれば。

王太子妃という立場を失ったとしても、別の人生を歩めただろう。

だが結局、彼女は自分可愛さに事実を隠そうとし、こちらが用意した罠に自ら飛び込んでいった。この先、王太子妃は永遠に牢獄に囚われることになるだろう。

伯爵令嬢はただひとり、手紙に動揺しなかった。だが、それは予想していたことだ。嫉妬でリーナを陥れた女だ。手紙ごときで人生を狂わすようなことはしないだろうと。

だから、リーナの義兄となった騎士を商人だと偽り、金と男に目がない伯爵令嬢に近づけることにした。配下の諜報《ちょうほう》員を使い、偽りの情報を握らせ、自ら今の居場所を手放すように仕向けたのだ。そして、かつて王太子妃がしたように、伯爵令嬢を慕う馬丁に嘘の手紙を握らせ、相思相愛だと信じ込ませ襲わせた。

もし伯爵令嬢がリーナへの劣等感を認め、罪悪感を抱いて反省していれば、こんな終わりは来なかっただろう。

（本当に馬鹿な連中だ）

フェリクスがしたのは、過去を振り返るきっかけと、いくつかの罠を用意しただけ。

彼らにはやり直しのチャンスが間違いなくあった。

だが、誰もがそれを選ばなかった。

それだけの話だ。

自らの選択で地獄へ堕ちた連中には同情する価値すらない。

ただひとり、騎士には逃げ道を用意しなかった。

その罪に相応しい対価を命で払わせると決めていたからだ。

一番真実に近い道を歩ませ、最期の瞬間に絶望を味わわせると。

（少しだけ感謝しているのさ。お前がリーナを見捨てたからこそ、彼女は俺のものになった）

だから、冥土の土産にひと目だけ、姿を見せてやったのだ。

フェリクスに愛され、幸せに笑うリーナを。


「フェリクス？　どうしたの？」

何も知らないリーナは不思議そうに首を傾げていた。

「幸せだなって思っていた」

もうすぐふたりの間には、新しい家族が誕生する。

リーナと一緒に、誰よりも何よりも幸せにすると誓おう。

色鮮やかな未来を思い浮かべながら、フェリクスは笑顔を浮かべたのだった。

エピローグ

工業と商業によって栄えた国、カルフォン。

交易の要として各国から新たな技術や商品が持ち込まれることもあり、国民たちはいつも未来への期待に胸を膨らませている。

その中心である帝都は、区画整理され真新しい建物が建ち並んでいる。

数年前の改革後からはじまった都市計画は実用性を追求しているため情緒には乏しいが、新しい時代の到来を感じさせてくれるものがある。

皇城にほど近い邸宅にある書斎の窓から帝都の街並みを見つめながら、リーナは口元に小さな笑みを浮かべた。

かつて、愚鈍な皇帝を傀儡にした宰相の腐敗政治がはびこり崩壊間近だったとは思えない。人々の表情には活気が溢れ、声は聞こえずとも楽しげな笑い声が聞こえてくるようだった。

この光景を作り出したのが、他でもない愛しい夫だという事実が誇らしい。

リーナは、コロム王国の公爵令嬢として生を受けた。

父は公爵として日々忙しく屋敷にいないことが多く、一緒に過ごす時間は少なかった。

愛されていないとは思わなかったが、やはりどこか距離があったように思う。

母はリーナが幼い頃に死んでいたこともあり、甘えることもできない。

政略により結ばれた婚約者である王太子セルヒオは勉学に忙しく、義務的な面会ばかりで、心が通うような関係にはなれそうもなかった。

セルヒオは悪人ではなかったし優しかったが、どこか独善的でいつもリーナに「かくあるべき」と自分の意見を押しつける面があり、リーナはその危うさを案じていた。いずれは国を動かすのだから、他人に流されない強さは必要なのだろうが、もう少し柔軟であればいいのに、と。

未来の父となる国王陛下はあまりリーナに興味がないのか、顔を合わせてもまともな会話をしたこともない。

王族で最もリーナに優しかったのは王妃だろう。リーナの母とは幼い頃からの友人だったという王妃は、リーナがセルヒオと結婚する日をずっと待ち望んでくれていた。リーナもまた、王妃を母と呼べる日を楽しみにしていた。

妃教育で忙しい日々であったが、心を通わせた友人もできた。

伯爵令嬢であるナタリーは、リーナとは違い、いつもはっきりとした意見を述べる明るい存在で、一緒に過ごす時間は何より楽しかった。

人前では緊張でうまく歌えないリーナとは違い、ナタリーの歌声は堂々かつ華やかで、伴奏を任せてもらえるのは何より誇らしかった。

生前の母と王妃のように、互いの子どもを添わせてもよいと思えるような、親密な関係でいられればと願っていた。なのに。

突然現れたひとりの少女により、リーナの人生は狂いはじめた。

男爵家の庶子であったミレイアは慣れぬ生活にいつも怯えていたように思う。助けてあげたいと思い、手を差し伸べたのが間違いだったのだろうか。

あっという間にセルヒオと懇意になったミレイアの姿に、戸惑ったのは事実だ。

それを受け入れミレイアを甘やかすセルヒオの曖昧な態度にも混乱した。

ささやかな愚痴として周りに打ち明けたことは、確かにあったように思う。

でも別に恨みや嫉妬があったわけではない。王族として、貴族としてふさわしい振る舞いをして欲しい。そう願っていただけなのに。

いつしかリーナはミレイアへの嫉妬にかられ虐めを扇動しただけではなく、ある男子生徒をけしかけ襲わせた大罪人にさせられていた。

婚約は一方的に破棄され、国外追放が命じられた。

何が起こっているのかまったくわからなかった。

セルヒオも、ナタリーも誰もリーナを信じてくれなかった。

悲しみと絶望で、違うと声をあげることもできなかった。

これまで積み上げていたすべてが音を立てて崩れていくようだった。

どこで間違えたのだろう。何に失敗したのだろう。

自問自答の答えは見つからないまま、リーナは悪女として蔑まれた。

唯一、手を差し伸べてくれたのは、セルヒオの護衛であったマルクだった。

騒動の直後、周りが落ち着くまではと隠れ家を用意してくれたのだ。これまでも何かと気遣ってくれる優しい人だったので、境遇に同情してくれたのだろう。

その優しさに感謝しつつも、このままではいけないのはわかっていた。

そこに迎えに来てくれたのは、他の誰でもない、父であるベルシュタ公爵だった。

「すまないリーナ。不甲斐《ふがい》ない父を許してくれ。お前のことは、必ず守る」

父はずっとリーナを愛してくれていたのだ。

そうして国境にほど近い教会にリーナの居場所を作ってくれた。

「いずれ時が来ればお前を必ず元の場所に戻してみせる」

「いいのです、お父様。私は十分幸せですわ」

本当だった。貴族として未来の王太子妃としての日々とは違う、驚くほどに穏やかな日々はリーナの心を癒やしてくれた。

一生、このままでいいとさえ、願っていた。

「俺と行こうリーナ。絶対に守ってやる」

真っ直ぐ見つめてくるフェリクスの表情と言葉に、魂が震えた。

ああ、恋とはこんな形をしていたのだとリーナは生まれてはじめて理解した。

フェリクスとの出会いは偶然でしかなかった。

辺境の教会で静かな日々を送っていたリーナの元に、突然現れた傷だらけの青年。

最初は、ただの親切心だった。今にも死んでしまいそうなフェリクスの姿が、みんなに見捨てられた時の自分に重なって放っておけなかったのだ。

連れ帰り、世話をしたのは自己満足だったと思う。こんな風に誰かに助けてもらいたかった、という満たされなかった自分を慰めたかった。

怪我が治ってしまえば、すぐに居なくなると思っていたのに、フェリクスはいつの間にかリーナの日常の一部になっていた。

多くを語らぬフェリクスだったが、彼が優しい人なのはすぐにわかった。

子どもたちがどんなにまとわりついても、声を荒げることはない。

どんな些細な頼みごとも、嫌な顔ひとつせずに請け負ってくれた。

飾らない優しさと誠実さに、心が震えた。

この人と一緒に生きていきたいと、いつしか願ってしまうほどに惹かれていた。

でも、その正体を知った時は、離れなければと思った。

フェリクスにとって、自分は仇であり重荷にしかならない存在だ。

今は良くても、いずれはきっと邪魔になる。

また捨てられてしまったら、今度こそ自分の心はダメになってしまう、と。

だが、フェリクスは手を差し伸べてくれた。

一緒に行こうと言ってくれた。

こんなに幸せな道が自分に開けるなんて、想像すらしていなかったのに。

フェリクスと共にこのカルフォンに来てからの日々はめまぐるしく、苦しいことや大変なことも沢山あった。

それでも乗り越えられたのは、フェリクスの包み込むような愛があったから。

幸せだと思う。

きっとこの先も、フェリクスが隣にいてくれるならリーナはずっと笑っていられる。

残してきた過去に、恨みがないと言ったら嘘になる。

リーナの心にはいまだに傷がくっきりと残っていて、痛みを訴える日だってある。

あれほど傍にいたのに、どうして信じてくれなかったのか、なぜ助けてくれなかったのかと叫びたい衝動だって持っている。

私のことなど忘れて幸せに暮らしているであろう彼らを、許せる日はこないかもしれない。

それでも、もう前を向こうと決めた。

大切にしてくれるカルフォンの人々、幸せを願って送り出してくれた父、そしてリーナのすべてを愛してくれるフェリクスのためにも、過去を振り返ることはしないと。

「みんな、どうしているかしら」

目の前の机には、フェリクスが用意してくれた便箋が広げられていた。

優しい色合いと滑らかな手触りに、心遣いが感じられて頬が緩んでしまう。

真新しいインク瓶の蓋を開け、ペンを手に取ったリーナは静かに息を吐いた。

――お元気にしておられますか。

あとがき

こんにちは。マチバリと申します。

文庫版「追放令嬢からの手紙」をお手に取っていただきありがとうございます。

この本はベリーズファンタジー様で一度出版していただいた作品を、文庫化していただいたものになります。

今回、文庫になるということで、本文の修正と共に新たにあとがきを書かせていただきました。本文の修正は見やすさの調整が主なので、先の発売から内容は変わっておりません。

文庫化のお声かけをいただいた時は、大変驚きました。西洋風のファンタジー舞台であり恋愛中心とは言い難い作品でしたので、スターツ出版文庫の読者さんに楽しんでいただけるか、実はとても心配しています。少しでも楽しんでいただければ嬉しいです。


今作は明確な主人公のいない群像劇です。沢山の人たちの欲や願いが絡み合ってお話が動いていくこともあり、なかなかに執筆は大変でしたが、とても良い経験なったなと感じております。個人的に思い入れのあるキャラは騎士のマルコです。彼の結末は一番最初に決めていました。そういう意図をもってキャラを作ったのは初めてだったこともあり、書きたかったシーンまでたどり着けたときは感慨深かったです。

文庫版の装画は引き続き中條由良《ちゅうじょうゆら》先生のイラストとなっております。挿絵なども引き続き収録していただき、とても嬉しいです。文庫サイズになっても本当に美しく、これでいつでも持ち歩けるな、などと一人喜んでおります。四枚目の挿絵がもう本当に素晴しく、私はこれを見たかった！　と今回も大変興奮しました。

最後になりますが、この本を出版するにあたり関わってくれた皆さまと、手にとってくれた読者の皆さまに心からの感謝を申し上げます。

またどこかでお目にかかれることを心より願っております。

マチバリ

この物語はフィクションです。実在の人物、団体等とは一切関係がありません。

本書は、二〇二三年七月に小社より刊行された単行本に、一部加筆・修正を加え
文庫化したものです。

マチバリ先生へのファンレターのあて先
〒104-0031　東京都中央区京橋1-3-1　八重洲口大栄ビル7F
スターツ出版（株）書籍編集部 気付
マチバリ先生

追放令嬢からの手紙
～かつて愛していた皆さまへ　私のことなどお忘れですか？～

2024年9月28日　初版第１刷発行

著　者　　マチバリ　

発 行 人　菊地修一
デザイン　フォーマット　西村弘美
　　　　　カバー　AFTERGLOW
発 行 所　スターツ出版株式会社
　　　　　〒104-0031
　　　　　東京都中央区京橋1-3-1　八重洲口大栄ビル7F
　　　　　TEL　03-6202-0386（出版マーケティンググループ）
　　　　　TEL　050-5538-5679（書店様向けご注文専用ダイヤル）
　　　　　URL　https://starts-pub.jp/
印 刷 所　大日本印刷株式会社

Printed in Japan

ISBN　978-4-8137-1644-0　C0193

スターツ出版文庫　好評発売中!!

『#嘘つきな私を終わりにする日』　此見《このみ》えこ・著

クラスでは地味な高校生の紗倉は、SNSでは自分を偽り、可愛いインフルエンサーを演じる日々を送っていた。ある日、そのアカウントがクラスの人気者男子・真野にバレてしまう。紗倉は秘密にしてもらう代わりに、SNSの"ある活動"に協力させられることに。一緒に過ごすうち、真野の前ではありのままの自分でいられることに気づく。「俺は、そのままの紗倉がいい」SNSの自分も地味な自分も、まるごと肯定してくれる真野の言葉に紗倉は救われる。一方で、実は彼がSNSの辛い過去を抱えていると知り——。

ISBN978-4-8137-1627-3／定価726円（本体660円+税10%）

『てのひらを、ぎゅっと。』　逢優《あゆ》・著

彼氏の光希と幸せな日々を過ごしていた中３の心優は、突然病に襲われ、余命３ヶ月と宣告される。そんな中で迎えた２人の１年記念日、光希の幸せを考えた心優は「好きな人ができた」と嘘をついて別れを告げるものの、彼を忘れられずにいた。一方、突然別れを告げられた光希は、ショックを受けながらも、なんとか次の恋に進もうとする。互いの幸せを願ってすれ違う２人だけど…？命の大切さ、家族や友人との絆の大切さを教えてくれる感動の大ヒット作！

ISBN978-4-8137-1628-0／定価781円（本体710円+税10%）

『愛を知らぬ令嬢と天狐様の政略結婚二～幸せな二人の未来～』　クレハ・著

名家・華宮の当主であり、伝説のあやかし・天狐を宿す青葉の花嫁となった真白。幸せな毎日を過ごしていた二人の前に、青葉と同じくあやかしを宿す鬼神の宿主・浅葱が現れる。真白と親し気に話す浅葱に嫉妬する青葉だが、浅葱にはある秘密と企みがあった。二人に不穏な影が迫るが、青葉の真白への愛は何があっても揺るがず——。特別であるがゆえに孤高の青葉、そして花嫁である真白。唯一無二の二人の物語がついに完結！

ISBN978-4-8137-1629-7／定価704円（本体640円+税10%）

『鬼の生贄花嫁と甘い契りを六　～ふたりの愛を脅かす危機～』　湊祥《みなとしょう》・著

鬼の若殿・伊吹と生贄花嫁の凛。同じ家で暮らす伊吹の義兄弟・鞍馬。幾度の危機を乗り越え強固になった絆と愛で日々は順風満帆だったが「俺は天狗の長になる。もう帰らない」と鞍馬に突き放されたふたり。最凶のあやかしで天狗の頭領・是界に弱みを握られたようだった。鞍馬を救うため貝姫姉妹や月夜見の力を借り立ち向かうも敵の力は強大で——。「俺は凛も鞍馬も仲間たちも全部守る。ずっと笑顔でいてもらうため、心から誓う」伊吹の優しさに救われながら、凛は自分らしく役に立つことを決心する。シリーズ第六弾！

ISBN978-4-8137-1630-3／定価726円（本体660円+税10%）

スターツ出版文庫　好評発売中!!

『雨上がり、君が映す空はきっと美しい』　汐見夏衛《しおみなつえ》・著

友達がいて成績もそこそこな美雨は、昔から外見を母親や周囲にけなされ、目立たないように“普通”を演じていた。ある日、映研の部長・映人先輩にひとめぼれした美雨。見ているだけの恋のはずが、先輩から部活に誘われて世界が一変する。外見は抜群にいいけれど、自分の信念を貫きとおす一風変わった先輩とかかわるうちに、“新しい世界”があることに気づいていく。「君の雨がやむのを、ずっと待ってる——」勇気がもらえる感動の物語！

ISBN978-4-8137-1611-2／定価781円（本体710円+税10%）

『一生に一度の「好き」を、永遠に君へ。』　miNato《みなと》・著

余命わずかと宣告された高校1年生の葵は、家を飛び出して来た夜の街で同い年の咲と出会い、その場限りの関係だからと病気を打ち明けた。ところが、学校で彼と運命的な再会をする。学校生活が上手くいかない葵に咲は「葵らしく今のままでいろよ」と言ってくれる。素っ気なく見えるが実は優しい咲に葵は惹かれるが、余命は刻一刻と近づいてきて…。恋心にフタをしようとするが、「どうしようもなく葵が好きだ。俺にだけは弱さを見せろよ」とまっすぐな想いを伝えてくれる咲に心を揺さぶられ——。号泣必至の感動作！

ISBN978-4-8137-1612-9／定価781円（本体710円+税10%）

『鬼神の100番目の後宮妃～偽りの寵妃～』　皐月《さつき》なおみ・著

貴族の娘でありながら、家族に虐げられ、毎夜馬小屋で眠る18歳の凛風。ある日、父より義妹の身代わりとして後宮入りするよう命じられる。それは鬼神皇帝の暗殺という重い使命を課せられた生贄としての後宮入りだった。そして100番目の最下級妃となるが、99人の妃たちから嘲笑われる日々。傷だらけの身体を隠すため、ひとり湯殿で湯あみしていると、馬を連れた鬼神・暁嵐帝が現れる。皇帝×刺客という関係でありながら、互いに惹かれあっていき——「俺の妃はお前だけだ」と告げられて…⁉ 最下級妃の生贄シンデレラ後宮譚。

ISBN978-4-8137-1613-6／定価748円（本体680円+税10%）

『後宮の幸せな転生皇后』　香久乃《かくの》このみ・著

R-18の恋愛同人小説を書くのが生きがいのアラサーオタク女子・朱音。ある日、結婚を急かす母親と口論になり、階段から転落。気づけば、後宮で皇后・翠蘭に転生していた！皇帝・勝峰からは見向きもされないお飾りの皇后。「これで衣食住の心配なし！結婚に悩まされることもない！」と、正体を隠し、趣味の恋愛小説を書きまくる日々。やがてその小説は、皇帝から愛されぬ妃たちの間で大評判に！ところが、ついに勝峰に小説を書いていることがバレてしまい…。しかも、翠蘭に興味を抱かれ、寵愛されそうになり——⁉

ISBN978-4-8137-1614-3／定価770円（本体700円+税10%）

書店店頭にご希望の本がない場合は、書店にてご注文いただけます。